प्रतिरोध

(कहानी संग्रह)

प्रतिरोध

शैलेन्द्र सागर

वाणी प्रकाशन

वाणी प्रकाशन का 'लोगो'
विख्यात चित्रकार मक़बूल फ़िदा हुसेन की
कूची से

वाणी प्रकाशन
21-ए, दरियागंज, नयी दिल्ली-110002
द्वारा प्रकाशित

फोन : 0091#11#23273167, 23275710
फैक्स : 0091#11#23275710
ई-मेल : vaniprakashan@gmail.com
vani_prakashan@yahoo.com
वेबसाइट : www.vaniprakashan.in

प्रथम संस्करण : 2008

मूल्य : 200.00

शिवम् आफसेट, शाहदरा, दिल्ली-110032
द्वारा मुद्रित

PRATIRODH (Short Stories)
by Shailendra Sagar

कथाक्रम

के

सहयात्रियों

के

लिए

अनुक्रम

आधी दुनिया, आधा सच, आधे सपने...	9
स्खलन	37
क्यूँ लौट आती हैं चिड़ियाँ...	54
प्रस्थान	64
सफर	72
धुंध	86
संक्रमण	94
कुछ और भी	101
प्रतिरोध	112

आधी दुनिया, आधा सच, आधे सपने...

टीकटी धूप भरा जून का महीना है—अजब-सी बदहवासी लिये। दस बजते बजते एक सफेद कँटीली कायनात चारों तरफ बिछ जाती है। हर कोई साये की तलाश में भटकता है...पेड़ का, शेड का, किसी स्थिर वस्तु का या फिर सिर्फ अपने सपनों का...। पर यह तलाश एक अंतहीन भटकाव है—सुबह से शुरू होकर रात तक, जन्म से मृत्यु तक, स्कूल व आफिस से लेकर घर तक, लंबी, खुली सड़कों से लेकर भीड़ भड़क्के वाली गलियों तक, खुले आसमान से लेकर बिस्तर तक..।

ऐसे में सड़क पर बस का रोजमर्रा का इंतजार..., खासा तनाव भरा...। लदी-फँदी बस, जाने-अनजाने धक्के, चाहे-अनचाहे स्पर्श, इत्र और पसीने की मिलीजुली उबकाई भरी गंध और अटपटी, बेहूदा नजरें...।

''यार, कायनेटिक क्यूँ नहीं ले लेती।'' रेखा अक्सर कहती है, ''बस में धक्के खाने में मजा आता है क्या या किसी से आँखें लड़ा रही है। अपनी गाड़ी होने से कितनी आजादी रहती है...।''

''बैंक की नौकरी में लोन वोन का ही तो आराम है। मैडम, अब गाड़ी ले ही डालो।'' संगी-साथी कहते हैं।

''मनी डियर, एप्लाई तो करो। तुम्हारा लोन खुद जाकर सेंक्शन कराऊँगा...।'' आँखें गोल-गोल कर अब चोपड़ा भी चिकनी बातें करता है।

पर नितिन, ''न, न..., स्कूटर का सोचना भी मत। कैसा भीषण ट्रैफिक है, रोज दो-चार एक्सीडेंट की खबर पढ़ने को मिल जाती हैं।''

''सोचते हो मर जाऊँगी तो घर कैसे चलेगा, है न...।'' एक विकृत मुस्कान उसके चेहरे पर उतर आती है।

नितिन के चेहरे पर झाँइयाँ नजर आने लगती हैं—बड़ी बेचारगी भरी जैसे कोई नश्तर सीने को चीर गया हो या किसी पापबोध ने उसे बुरी तरह जकड़

लिया हो। उसके चेहरे पर बड़ी दयनीय-सी हँसी है। तरस खाने लगती है मनीषा। अंदर जमा आक्रोश एकदम पिघलने लगता है लेकिन कुछ ही देर बाद एक झुँझलाहट उस पर हावी हो जाती है...।

आखिर क्यूँ हुआ ये हादसा उसके साथ! इतनी बदनसीबी...!

जिद में लोन एप्लाई किया उसने। रीजनल आफिस भेजा गया है। एकाध महीने में स्वीकृत हो जाएगा और तब स्कूटर...। अंदर ही अंदर सिहर उठती है वह। रेखा हँसती है, "बुद्धू..., स्कूटर चलाने से डरती है।" "तू पंद्रह साल की उम्र से चला रही है। अब इस उम्र में...।" "क्या बूढ़ी हो गयी है मैडम...।" "...औरत जवानी से बुढ़ापे में कब कदम रख लेती है, किसी को पता कब चलता है...।" एक लंबी आह भर कर कहा है मनीषा ने।

पर सच यह है कि स्कूटर चलाने से डर जरूर लगता है। कभी साइकिल भी चलाई हो! अम्मा की हिदायत थी कि लड़कियों को साइकिल नहीं चलानी चाहिए हालाँकि शहर में कुछ लड़कियाँ साइकिल से स्कूल आती थीं।

"भले घर की न होंगी।" अम्मा तपाक से कह डालतीं।

"पर अम्मा, साइकिल चलाने में हर्ज क्या है?"

"नीचे चोट, वोट लगने का डर रहे है।"

"नीचे कहाँ, कैसे...?"

"बस कतरनी चलने लगी," अम्मा डाँट देती, "जा अपना कामधाम देख...।"

बाऊजी के पास जाकर रोयी थी वह। पहले उसकी हाँ में हाँ मिलाते वो और फिर अम्मा का समर्थन..., नए तर्कों के साथ, "बड़ी खराब सड़कें हैं, लड़के अलग बदमाशी करते हैं, लड़कियों को गिरा तक देते हैं, चोट लगने का डर तो है ही बेटी...।"

कुछ चीजों को लेकर अम्मा और बाऊजी में कितना जबरदस्त तालमेल था। अम्मा निपट देहाती और लगभग निरक्षर थीं और बाऊजी कचहरी के बड़े बाबू। खासा रुतबा था उनका। सुबह शाम किसी न किसी काम के लिए लोग उनसे मिलने आते, 'बड़े बाबू' कहकर पुकारते। कोई सिर झुकाकर कुछ पेश करता तो कोई पैर छूकर आँसू बहाता। पर गृहस्थी और घर की लड़कियों के मामले में अम्मा का फैसला अंतिम होता, बाऊजी उसमें कोई दखल नहीं देते...।

...शायद उसी का खमियाजा भी भुगता मनीषा ने...।

बैंक पहुँचते-पहुँचते वह काफी चुक गयी महसूस करती है। पूरा एक सवा घंटा लग जाता है। गर्मी, भीड़, शोर-शराबा और प्रदूषण...। सुबह के इस थकान भरे अहसास से मन ही मन चिढ़ती है वह। पूरा दिन जैसे सामने खड़ा ललकारता है। उस पर पुरुष साथियों की ताजगी, उत्साह और थिरकता उल्लास, नए दिन के आरंभ का जोश...। उसे लगता है कि वह तो एक पारी खेल चुकी है। आशू को सुबह छह बजे उठाकर, नहला-धुलाकर तैयार करना, पौने सात तक स्कूल बस में छोड़ना, और उसके बीच में बेडटी, उसके लंच बाक्स की तैयारी जिसे लेकर आशू तो आशू, नितिन के भी तमाम गिले-शिकवे, सुझाव...। 'मम्मी ये नहीं वो नहीं, मैंने तो खाया ही नहीं, अपने फ्रेंड को दे दिया।' 'बच्चे की पसंद का ख्याल रखा करो, कुछ वैरायटी बना दिया करो, या उससे पूछ लिया करो...।' नितिन के कहने पर अपनी झल्लाहट को किसी तरह ज़ज्ब करती है वह।

आशू के स्कूल जाने के तुरंत बाद नाश्ते और खाने की तैयारी शुरू हो जाती है। किसी चीज में कोई कमी न रहे, सिर्फ ब्रेड नहीं बर्दाश्त नितिन को। दोपहर के खाने का भी मीनू पूरा—दाल चावल, सब्जी-रोटी, और हाँ चटनी भी। रात में दाल..., नितिन मानने को तैयार नहीं है। वक्त की कितनी किल्लत हो जाती है। दो ढाई घंटे में सब निपटाना और उस पर अपनी भी तैयारी...। दिन भर लोगों की नजरों से मुठभेड़। दरअसल आफिस की कुर्सी में धँसने पर ही उसे पहले इंटरवल का अहसास होता है।

"हाय मनीषा।" अपना पर्स टेबुल पर पटककर रेखा उसके सामने आकर बैठ गयी है।

सुबह दसेक मिनट तक बैंक का माहौल हल्का-फुल्का रहता है। न काम का बोझ और न ही कोई तनाव। ताजे, चमकते चेहरे देखकर उसे भी स्फूर्ति की अनुभूति होती है। कुछ देर के लिए सारी थकान फुर्र हो जाती है...और जो औरतें सिर्फ घर पर खटती हैं वो...? क्या होता है उनके पास मन बहलाने के लिए—जूठे बर्तन, गंदा घर या मैले कपड़े अथवा मनविहीन बनना पड़ता है उन्हें...।

"तू कल बिना बताए कहाँ खिसक गयी थी।"

रेखा का चेहरा शर्म से लाल हो चला है। उसकी आँखों में मदभरी मुस्कान है।

"यार, बताकर तो जाया कर..., आकाश चला आता या फोन ही कर देता. .।"

क्षीण से संत्रास का धुँधला साया रेखा की आँखों में डोल जाता है। कुछ पलों

के लिए उसका चेहरा विवर्ण हो गया है। पलकों में हल्का-सा कंपन है और फिर चेहरे पर बड़ी फीकी-सी हँसी।

"तू है न। हर बार बताने की जरूरत है क्या। साल में चार-छह बार ही तो आ पाता है दीपक...।"

जोर से खिलखिलाकर मनीषा उनके बोझ को हल्का कर देती है। यूनीवर्सिटी के दिनों का दोस्त है दीपक पर पिछले पाँच-छह वर्षों में यह मित्रता गहराई ही नहीं है, दोनों की मानसिक और शारीरिक जरूरत बन गयी है। आरंभ में मनीषा को रेखा के इस आचरण पर एतराज था। काफी समझाया-बुझाया भी करती थी, "इस तरह की रिलेशनशिप ठीक नहीं है। आकाश तुम्हें कितना प्यार करता है।"

"मैं भी उसे कम प्यार नहीं करती। उसे वो सब देती हूँ जो उसे चाहिए और मुझे नहीं लगता उसे मुझसे कोई शिकायत होगी।"

"फिर दीपक...?"

"दीपक...", एक लंबी साँस लेकर कहा था उसने, "वी लव इच अदर सो मच। मेरी जिंदगी का टॉनिक है वो। पता है यार, दो-तीन महीने में उससे दो घंटे मिलने से जिंदगी कितनी हसीन लगने लगती है, कितनी एनर्जी मिलती है। उसके बाद आकाश से प्यार करना और अच्छा लगता है।"

हैरत और अविश्वास से सुनती थी वह पर पिछले कुछ महीनों से उसे इसमें कुछ सार नजर आने लगा है...।

"यस मैम, योउर कॉल।" एक आँख दबाकर रेखा अपनी हँसी को दबाती है।

बैंक का चपरासी उनकी ओर चला आ रहा है। बैंक पहुँचने के एकाध घंटे के भीतर मैनेजर का बुलावा लाजमी है। अब तो मनीषा भी इसकी प्रतीक्षा करती है। पिछले कुछेक महीनों से यह सिलसिला जारी है। अक्सर ऐसे मामलों की शुरुआत नजरों से होती है—एक अजब-सी लुकाछिपी, नजरों से न जाने क्या कुछ कह देने या कर डालने की जुस्तजू...। उसके बाद सराहना के पट खुलते हैं—"यू आर सो हार्ड वर्किंग...", "तुम्हारे काम करने का अंदाज ही कुछ अलग है।"..., "आई कांट बिलीव इतनी जल्दी ये काम तुमने कैसे कर लिया..." और फिर धीरे-धीरे ये संवाद वैयक्तिक बन जाते हैं—"यू आर सो स्मार्ट..., कौन कह सकता है कि तुम्हारा स्कूलगोइंग चाइल्ड है" या फिर "तुम्हारे ऊपर साड़ी बहुत फबती है।"

सब कुछ समझते हुए भी मनीषा इस प्रहार से बच नहीं पायी। सलवार-सूट

बंद, कपड़ों के चयन से लेकर मेकअप तक पर ज्यादा ध्यान, लिपिस्टिक की पर्त गहराने लगी, ब्लाउज की क्लीवेज पर खुद नजर पड़ने लगी। चोपड़ा यानी मैनेजर के चेहरे की तरफ एक खिंचाव महसूस होने लगा। उसके काम करने और बातचीत का अंदाज भाने लगा और उस दिन जब उसने लंच का आग्रह किया तो वह मना नहीं कर पायी। उस दिन चोपड़ा का हाथ छूना भी अच्छा लगा था उसे...।

"मैडम, बात कहाँ तक पहुँची है....।" रेखा ने चिकोटी काट कर पूछा है।

एक अजीब-सी ग्लानि और शर्म से मनीषा सकुचा उठती है। लालिमा की एक झीनी पर्त उसके चेहरे पर बिछ जाती है हालाँकि उसका मन करता है कि लंच वाली बात रेखा को बतला दे। आखिर वह भी तो उसकी राजदार है और बिना उसकी सहायता के शायद बात आगे बढ़ भी न पाए। पर कभी उसे लगता है कि यह एक गुजरता हुआ वक्त है। अक्सर उसका मन भी तो उसे बुरी तरह कचोटता है, एक ग्रंथि की जकड़न-सी महसूस करती है वह।...कालिज के दिनों की मनीषा कहाँ गयी। कालिज की डिबेटर, छात्र संघ की संयुक्त सचिव..., कभी लगा ही नहीं कि कोई लड़का हाथ पकड़ने का साहस भी कर सकता है। अक्सर साथ रहने वाला अमित, पूरा कालिज उन्हें दोस्त मानता था, साथ घूमना-फिरना, घंटों बतियाना, वादविवाद प्रतियोगिता के सिलसिले में दूसरे शहर तक साथ जाना और एक-दूसरे के लिए क्या कुछ न कर देने की चाहत। पर मजाल है कभी उँगली भी छुई हो उसने या खुद उसका ही मन डगमगाया हो...।...प्यार का वो आदर्श, संबंधों की वो पवित्रता और उसी की तलाश...।

और अब..., एकाकीपन है या ऊब, नीरसता है या बदलाव, कुंठा है अथवा आधुनिकता...! कहाँ, कैसे यह बदलाव आया है, वह खुद भी नहीं जानती...।

...मैनेजर का पैर उसके पैर पर चल रहा है...।

नेहा के आने की खबर से मनीषा परेशान हो जाती है। एक अजीब से बोझ और झुंझलाहट का अहसास उसे होता है अब। उसे यह भी नहीं मालूम कि वह यहाँ क्यों आती है, कहाँ आती जाती है और दिन भर क्या करती है। हर महीने एकाध हफ्ते के लिए यहाँ आना और बस दोस्तों, शॉपिंग, डांस और पार्टी की बात...। एक दुश्चिंता उस पर सवार होने लगी है हालाँकि इसका कारण वह खुद भी नहीं जानती। समझ में नहीं आता कि भाई साहब, भाभी को क्या कहे और किस आधार पर कहे। भाई साहब डाक्टर हैं और भाभी डिग्री कालिज में प्राध्यापक और नेहा

उनकी एकलौती संतान। वे खुद ही क्यों नहीं समझ पाते? बेटी की गतिविधियों से कोई माँ कैसे अनभिज्ञ रह सकती है। फैशनेबुल कपड़े, महँगे प्रसाधन और उनके प्रयोग का ढंग...। क्या अब ये सब इतने सहज स्वीकार्य हैं? तब उसे ही क्यों अखरता है ये सब...। मनीषा कहे भी तो क्यूँ..., वह तो खुद इस परिवार में पराये घर की है, यह अलग बात है कि भाई साहब, भाभी को अगर कभी कुछ कहना होता है तो वे मनीषा से ही बात करना चाहते हैं। फतेहपुर से फोन आने पर या तो अक्सर नितिन नदारद ही होता है या वे लोग मनीषा को बुलाकर ही बात करना पसंद करते हैं। ''अरे उससे क्या बात करना, उसके भरोसे नहीं भेजते नेहा को वहाँ। जिसे खुद का होश नहीं...।''

उनका यह कहना उसे कतई नहीं सुहाता। पत्नी होने की पीड़ा उसे सालती है। पति के लिए परिवार के किसी सदस्य से ऐसे फिकरे सुनना उसे अंदर तक चुभता है। एक दिन फूट पड़ी थी भाभी पर, ''ऐसे आदमी के साथ मेरी शादी क्यों की थी आप लोगों ने...''

न भाभी ने उसे उत्तर दिया और न ही वह कभी समझ पायी।

रोज की तरह आज भी नितिन देर से लौटा है, कहाँ से—न उसे कभी जवाब मिला है और न वो कभी जान ही पायी है। इस फालतू, बेरोजगार और हवाई बातों वाले आदमी से कौन दोस्ती करता है और क्यों...! बाप की विरासत से संबंधों का निबाह कब तक हो सकता है। अमूमन रोज ही दारू पीना, अक्सर बाहर खाना खाकर आना और घर आकर बिस्तर पर लुढ़क जाना...। न पत्नी की सुध और न बेटे की खैर खबर...। शुरू में काफी त्रस्त महसूस करती थी वो पर अब इसकी अभ्यस्त हो चली है। वह समझ गयी है कि वे दोनों भिन्न दुनिया के प्राणी हैं जिसमें कोई सामंजस्य मुमकिन ही नहीं है। उसका एक प्यारा बेटा है जिसे लेकर उसमें तमाम अरमान हैं, जीविकोपार्जन के लिए नौकरी है और उससे जुड़े अनेक तनाव हैं लेकिन गहन अंधकार भरे भविष्य में जगमगाहट लाने की जुस्तजू है। नितिन की अपनी दुनिया है, उस दुनिया के रोज बदलते पात्र हैं, उन पात्रों के इर्द-गिर्द घूमती अजीब कहानियाँ हैं, इन कहानियों में नितिन की अनगिनत सुषुप्त आकांक्षाएँ हैं, इन आकांक्षाओं के निमित्त अधपकी कोशिशें हैं और इन कोशिशों की पूर्व निर्धारित नियति है।

एक साल वकालत के नाम पर आवारागर्दी, फिर सारी जमापूँजी लगा कर एक फैक्ट्री की शुरुआत जो उसकी तमाम गतिविधियों का अड्डा बनी, नतीजतन दो वर्षों में ही दिवालियापन के कगार पर आ पहुँची..., और उसके बाद साल दर

साल राजनीति की नयी योजनाएँ, नये ख्वाब, नये दावे...। एसेंबली चुनाव तक में खड़ा हुआ नितिन और रही सही जेब खाली कर दी। मनीषा को तो यही संतोष था कि वह चुनाव यहाँ से नहीं लड़ा था। चुनाव से पूर्व का आत्मविश्वास, जीतने का पूरा दावा और जब हजार से भी कम वोट मिले तब भी उसके चेहरे पर न कोई शिकन थी और न ही कोई आघात। अगला चुनाव जीतने का पूरा यकीन, तमाम उदाहरण, लाल बत्ती पर चढ़ने की पूरी उम्मीद...।

मनीषा ऊब चुकी है नितिन की इस ख्याली दुनिया से। पंद्रह वर्ष कम नहीं होते..., उम्मीद, इंतजार और हताशा...।

बाऊजी कहाँ तैयार थे।

''सिर्फ घर देखकर ही तो शादी नहीं की जा सकती। लड़का वकालत पास जरूर है पर करता तो कुछ भी नहीं।''

''जब पिताजी ने मेरा ब्याह तुमसे किया था तब तुम भी तो बस पढ़ ही रहे थे। बाप जज है, एक भाई डाक्टर है, बहन की बड़े अफसर से शादी हुई है तो क्या कमी होगी घर में...।'' अम्मा का तर्क था।

''अरे भागवान, वो जमाने और थे। पंद्रह, सोलह में लड़की की शादी हो जावे थी। अपनी गुड़िया एम.ए. कर रही है।''

''तो कौन तोप मार रही है। आजकल सबी लड़कियाँ पढ़े हैं। लड़की की शादी तो घर देखकर ही की जावे है। पढ़ा-लिखा लड़का, अच्छा घर और किसी को क्या चाहिए। कुछ-न-कुछ कमाएगा, खाएगा ही...।''

बाऊजी ने हार मान ली। शादी के कुछ ही समय बाद उसे यह अहसास हो गया था कि दरअसल जीवन की सबसे बड़ी बाजी वह हार गयी है। फैक्ट्री के लिए लोन में जब मकान गँवाने की नौबत आ गयी तो उसे नौकरी के लिए घर से निकलना पड़ा। नितिन कहाँ राजी था पर इस बार निर्णय उसे लेना था और उसने कोई चूक नहीं की।

रुपए कमाने का सुख कभी किसी पुरुष को इतना हुआ होगा, उसे संदेह है।

अब निस्पृह भाव से वो नितिन के लंबे-चौड़े दावों को सुनती रहती है, बहकती नहीं है। नयी योजनाओं पर मन ही मन हँसती भी है पर शीघ्र एक गहरा विषाद, एक तीखी बेचारगी और कँटीला एकाकीपन उसे अपने नुकीले पंजों में आ दबोचता है...।

...साल-दर-साल...पल-दर-पल...।

रेखा के चेहरे पर आज गजब का उत्साह है। उसके कपड़ों, मेकअप और चाल ढाल से किसी विशिष्टता का आभास होता है। वह अपनी सीट पर भी स्थिर नहीं बैठ पा रही है। सच यह है कि उसका काम में मन ही नहीं लग रहा है। इस बीच वह कई बार मनीषा के पास आकर चली गयी है। मनीषा सब कुछ समझती है। कल ही रेखा उसे दीपक के आज आने की खबर दे चुकी है। अब दिन में अनुपस्थिति का कोई वाजिब कारण उसे खोजना है—किसी फ्रेंड की बर्थडे लंच पार्टी या रीजनल आफिस में मीटिंग। पर आकाश का डर कहीं-न-कहीं मन को कुरेदता रहता है। इसीलिए तो मनीषा को राजदार बनाया है उसने। पिछली बार उसकी गैरहाजिरी में आकाश का फोन आ गया था। तब से वह और सशंकित हो गयी है।

"कल फिर आकाश का फोन आ गया तो क्या कहूँगी।" मनीषा ने पूछा तो वह परेशान हो चली।

वह शांत रही और मनीषा के दोहराने पर फीकी-सी हँसी लिये बोली थी, "तू है न यार...।"

शायद बिना सोचे ही उसने यह कहा था पर कल रात से यह उत्तर उसके अंदर कौंध रहा था। रेखा जानती है कि आकाश मनीषा को पसंद करता है। अक्सर उसके बारे में पूछता भी है। कभी किसी सहकर्मी के यहाँ जाने को कहो तो पचास बहाने लेकिन मनीषा के यहाँ जाने को हमेशा तैयार। अक्सर कहता है, "कितनी स्मार्ट लेडी है और कहाँ नितिन। न कोई काम, न धाम। पागलों की तरह घूमता रहता है। आई फील पिटी ऑन हर। कैसे रहती होगी उसके साथ...?"

"क्या करे बेचारी। इसीलिए मजबूरी में नौकरी कर रही है। नितिन को किसी चीज से मतलब ही नहीं है। सब मनीषा को ही देखना पड़ता है। रोज शराब पीकर खर्राटे मार कर सो जाता है...।"

"बेचारी मनीषा का काम कैसे चलता होगा। कोई दोस्त वोस्त नहीं है उसका।" हँसकर कहा आकाश ने।

"तुम कर लो दोस्ती...।"

"आई डोंट माइंड...।" आकाश ठहाका मारकर हँसा था।

पता नहीं क्यों आज आकाश का यह वाक्य बार-बार उसके जहन में कौंध रहा है और यही उसकी बेचैनी का सबब भी है।

"रेखा, आज तू कुछ परेशान-सी लगती है?" मनीषा ने उसका हाथ पकड़कर पूछा है।

रेखा के चेहरे पर एक अजीब-सी घबराहट है। उसकी आँखें ऊपर उठ कर बार-बार नीचे झुक जाती हैं। उनमें संकोच और सकुचाहट का भाव है।

"आज तो दीपक आ रहा है न...। तुझे तो खुश होना चाहिए। यू आर सो लकी यार...।"

"हाँ यार, पर समझ में नहीं आता कि कैसे निकलूँ दो-तीन घंटों के लिए। फिर आकाश...?"

"आकाश, क्या हुआ आकाश को...?" मनीषा अटपटी नजरों से उसे देखती है।

"पिछली बार उसका फोन आ गया था न। बस तब से डर लग गया है।"

"वो तो चांस था...।"

"हो सकता है, पर यार जब तक मन में चैन न हो मजा भी तो नहीं आता...।"

मनीषा हैरत भरी नजरों से उसे देख रही है। वो तो इस दुनिया से वैसे ही नावाकिफ है। बिंदास समझी जाने वाली लड़की का एक नया पक्ष उसके सामने उजागर हुआ है।

"क्या मैं कुछ कर सकती हूँ?"

एकाएक रेखा सीधे तन कर बैठ गयी है। उसकी साँस तेजी से चल रही है। वह अपनी कुर्सी मनीषा के समीप खींच लाई है और उसका हाथ पकड़कर बड़े दयनीय स्वर में कहा है उसने, "मनीषा, आई नीड योउर हेल्प...।"

"मेरीद्व" मनीषा भौचक है, "बता।"

"यार, आज तू आकाश को एनगेज कर ले...।"

"मैं समझी नहीं...?" मनीषा हैरानी भरे स्वर में पूछती है।

"आई मीन..." रेखा कुछ पलों के लिए रुक-कर कहती है, "अगर आकाश तेरे साथ दो-तीन घंटे कहीं बिजी रहेगा तो मैं निश्चिंत होकर दीपक के पास जा सकूँगी।"

"रेखा, तू कहना क्या चाहती है?" परेशानी और झुँझलाहट भरे स्वर में पूछा है उसने।

रेखा अब शायद हल्का महसूस कर रही है। उसके चेहरे पर स्मित की हल्की-सी लहर प्रवाहित हो चली है।

"देख यार, आकाश लाइक्स यू। आज तू उसे फोन करके कहीं लंच के लिए कह दे। वह फौरन तैयार हो जाएगा। बस जब वह तेरे साथ होगा तो मेरे मन

को पूरी तसल्ली रहेगी। उसके फोन या आने का कोई डर नहीं रहेगा। मैं उसकी तरफ से पूरी तरह फ्री रहूँगी।'

"यू मीन, मैं उससे फ्लर्ट करूँ...?"

"क्या हर्ज है यार। तुझ पर मुझे पूरा भरोसा है।"

"पर रेखा...।" मनीषा अंदर तक परेशान है।

"यार, फॉर माई सेक प्लीज...।"

"और तेरे बारे में पूछे तो...।"

"कुछ भी कह देना। बता देना रीजनल आफिस में मीटिंग है...।"

मनीषा हैरत भरी नजरों से उसे देख रही है। आकाश उससे कई बार शोख और लुभावने अंदाज में बातें कर चुका है। वह अच्छी तरह जानती है कि आकाश उसके प्रति आकर्षित महसूस करता है। उसकी नजरों को वह दो-तीन सालों से भाँप रही है।

"मनीषा, प्लीज फोन कर न...।"

मनीषा मुस्करा दी है। उसकी उँगलियाँ फोन पर चल रही हैं।

रेखा सामने है और मनीषा उसके पति से हँस-हँस कर बातें कर रही है।

होटल ताज में दो बजे मिलना तय हुआ है।

घर के अन्य सदस्यों की तरह नेहा की भी अपनी निश्चित दिनचर्या है, उस दिनचर्या के इर्द-गिर्द घूमती एक नई दुनिया है, उस नई दुनिया में नई सदी के जोश से लबरेज आधुनिक पात्र हैं और इन आधुनिक पात्रों के जीने का एक नया फलसफा, एक नया अंदाज है। मनीषा के आफिस जाने पर बमुश्किल बिस्तर छोड़ना, बीती रात के टीवी सीरियल या अंग्रेजी फिल्मों या फिर अपने सपनों पर ही संक्षिप्त विमर्श और फिर दिन की योजना जिसमें एक नया उत्साह बलबलाता नजर आता है। मूवी, पार्टी, डिस्को या डेटिंग...। सुबह ग्यारह-बारह बजे से रात आठ-नौ बजे तक का व्यस्त कार्यक्रम...।

यही मनीषा की परेशानी का कारण भी है।

"चाची, क्या सुपर्ब मूवी थी। कितना हैंडसम हीरो था। रीयल टी डी एच...। उसके रोमांस में एक नया फ्लेवर था जो यहाँ तो कभी फील ही नहीं होता...।" चाय का सिप लेते हुए नेहा कह रही है।

इस तरह की शब्दावली सुनने की अभ्यस्त हो गयी है मनीषा। पर अंदर-ही-अंदर भुनभुना उठी है वह।

"नेहा, सुबह उठकर सिर्फ फिल्म और रोमांस की बात करना कोई अच्छी बात नहीं है। जीवन में कोई उद्‌देश्य भी तो होना चाहिए या फिर बस देर रात तक फिल्म और सीरियल और दिन भर घूमना..., यही जिंदगी है। क्या सिर्फ इसीलिए लखनऊ आती हो...?"

"अफकोर्स चाची। आज तो आप मम्मी की तरह बोल रही हैं। बताइए फतेहपुर जैसे छोटे शहर में रहकर कोई अपनी जिंदगी कैसे गुजार सकता है। कोई मार्किट नहीं, कोई पिकनिक स्पाट नहीं, कोई अच्छा पिक्चर हाल नहीं, कोई रेस्ट्रां या ईटिंग प्वायंट नहीं...। जींस पहनकर निकलो तो आँखें फाड़कर देखते हैं सब लोग, मिनी या स्कर्ट का तो सवाल ही नहीं। दो शब्द बोलने की तमीज नहीं और कमेंट्स जितने चाहे पास करा लीजिए...।"

"पर नेहा, लखनऊ और दिल्ली जैसे कितने शहर हैं। और शहरों में लोग कैसे रहते हैं। भाई साहब-भाभी ने पूरी जिंदगी वहाँ गुजार दी तो क्या कमी रही उनकी जिंदगी में, क्या कुछ नहीं किया उन्होंने।"

"चाची, ये कोई लाइफ है। बस खूब सारे पैसे कमाना और इंज्वायमेंट के नाम पर जीरो। न क्लब, न पार्टी...। मैं तो उसके बिना रह ही नहीं सकती। मेरा कोई फ्रेंड भी नहीं है वहाँ और बी एफ (ब्वाय फ्रेंड) के नाम पर तो वहाँ लोग मुँह पर हाथ रख लेते हैं। मेरा मन तो दस-पंद्रह दिनों में ही बुरी तरह उचट जाता है। दो-चार दिन लखनऊ आकर न रहूँ तो डिप्रेशन होने लगता है...। यहाँ मेरे कितने सारे फ्रेंड्स हैं—सो स्वीट..., आप मिलकर देखो, यू विल लव दैम...।"

यही मनीषा की चिंता है। नेहा का इस तरह रात-दिन लड़कों के साथ घूमना उसमें तनाव पैदा करने लगा है। वह अच्छी तरह जानती है कि किसी अनहोनी के घटित होने पर उसे ही जिम्मेवार ठहराया जाएगा। वह उसे समझाने की कोशिश करती है, "नेहा, तुम बच्ची नहीं हो अब। एकाध साल में तुम्हारी शादी होगी, ज्यादा घूमना-फिरना बंद करो अब...।'"

एकाएक नेहा ठहाका मारकर हँस देती है।

"इसमें हँसने की क्या बात हैं।" मनीषा झुंझलाकर पूछती है।

"मैरिज चाची..., हैव यू गॉन मैड...। आई वांट टू एंज्वाय लाइफ...।"

"मतलब...।" क्रोध भरे स्वर में पूछती है मनीषा।

"चाची, इक्कीसवीं सदी में आकर भी आप लोग बदले नहीं। बी.ए., एम. ए. किया नहीं कि लड़की की शादी...। मैंने तो मम्मी से साफ-साफ कह दिया

है कि अभी मेरी मैरिज का सोचना भी मत। मुझे अभी कंप्यूटर और फैशन टेक्नोलोजी में डिप्लोमा लेने हैं, फिर जॉब...। दो-चार साल अर्न करके मैं इंडिपेंडेंट फील करना चाहती हूँ...। आई कांट बी ए बर्डन ऑन एनी वन...।'' उसके स्वर से एक नया आत्मविश्वास झलकने लगा है। एक चंचल, चपल लड़की गंभीर आधुनिक युवती में बदल गई है।

मनीषा उससे प्रभावित हुए बिना नहीं रहती। खुद उसका जीवन इसका सबसे ज्वलंत उदाहरण है। अंदर भरा सारा क्रोध जैसे पिघल गया है।

''वो ठीक है नेहा। पर उसके लिए कुछ करो तो...।''

''कर तो रही हूँ चाची। कंप्यूटर कोर्स मैंने वहाँ ज्वायन कर रखा है। उसे खत्म करके यहाँ से कुछ करूँगी। पर चाची, लाइफ भी तो इंज्वाय करनी है। इससे भी तो कान्फीडेंस मिलता है। कल मेरी फ्रेंड के यहाँ पार्टी थी। आई डांस्ड सो वैल। हर कोई मेरे साथ डांस करना चाहता था। न जाने कितने ब्वायज ने दोस्ती का ऑफर दिया। इजंट इट ग्रेट...। मेरी फ्रेंड्स मुझसे कितना जैलस फील कर रही थीं।''

''नेहा, लड़कियों से दोस्ती करने को हर कोई तैयार रहता है...।''

''नहीं चाची, अच्छे ब्वाय फ्रेंड मिलना आसान नहीं है। पता है चाची एक लड़के के पास एसेंट है। वो ही मुझे कल घर छोड़ कर गया था। मुझसे डिनर के लिए ताज चलने की जिद कर रहा था। मैंने ही मना कर दिया।''

''नेहा, तुम भौतिकवादी चीजों से कुछ ज्यादा प्रभावित लगती हो...।''

''कौन नहीं है। लाइफ में उनकी कितनी इंपार्टेंस है। खूब सारा पैसा, अच्छी कार, बड़ा-सा मकान, डिजायनर कपड़े, पर्फयुम्स...।, चाचा कुछ नहीं करते तभी न आप इतना परेशान रहती हैं।''

नेहा का उत्तर मनीषा को अंदर तक छील गया है। उसका मन हुआ कि बुरी तरह डपट दे वह पर अंदर उभरी टीस ने उसे कमजोर बना दिया है। वह शांत हो गई है।

''आयम् सॉरी चाची।'' नेहा उसकी पीड़ा को तुरंत भाँप जाती है।

''कोई बात नहीं। मैं तुम्हें प्यार करती हूँ इसीलिए समझाने लगी। दुनिया बहुत खराब है, नेहा। तुम्हें सावधान रहना चाहिए।''

''चाची, मुझे अपने आप पर पूरा भरोसा है। मुझे मालूम है मैं क्या चाहती हूँ...।''

मनीषा उठकर चली गयी है। नेहा के सपनों और महत्त्वाकांक्षाओं को लेकर

वह आशंकित अनुभव करती है। एक बुद्धिमान और परिश्रमी छात्रा रही है नेहा। हाईस्कूल और इंटर में पूरे जिले में सर्वाधिक अंक पाए थे उसने। तभी मनीषा के सुझाव पर भाईसाहब ने उसे लखनऊ अध्ययन के लिए भेज दिया था हालाँकि भाभी नहीं राजी थीं। आज भी नेहा की किसी शिकायत पर वह यह ताना मारने से नहीं चूकतीं कि नेहा के बिगड़ने के लिए मनीषा ही जिम्मेवार है।

हॉस्टल में पहुँचने के दो-तीन महीनों में ही नेहा में बदलाव नजर आने लगा था। सलवार-सूट पहनने वाली लड़की जींस और स्कर्ट में बाहर निकलने लगी। खाने में बर्गर, पीजा और चाउमीन। अगले दो सालों में फतेहपुर एक गंदा, असभ्य और 'लाइफलैस' शहर करार दिया गया था।

चोपड़ा कई बार कार्यक्रम बना चुका है और वह किसी-न-किसी बहाने उसे टाल जाती है। मनीषा उसके मंतव्य को अच्छी तरह समझती है और कहीं अपने को इसके लिए तैयार भी कर चुकी है। अंदर विद्रोह की ज्वाला सी प्रज्वलित होती महसूस करती है वह। कभी नितिन के विरुद्ध तो कभी अपने खिलाफ...। संयम और नैतिकता का पाठ बड़ा खोखला लगता है तब। किंतु ज्यादा हताश और चिड़चिड़ी वह तब महसूस करती है जब न चाहकर भी वह वो सब कर बैठती है जो उसके संस्कारों से मेल नहीं खाता। उस दिन लंच के लिए जाते समय होटल की लिफ्ट में चोपड़ा ने उसे चूम लिया था। शायद उसे अच्छा भी लगा था हालाँकि बाद में अपने प्रति एक अजीब-सी वितृष्णा अनुभव की थी उसने। क्या यह उसकी जरूरत है या मैनेजर से चंद रिआयतों की खातिर...।

अपनी तैनाती के बाद चोपड़ा ने एक नई कार्य संस्कृति विकसित करने की घोषणा की थी। साढ़े दस-ग्यारह के बजाय काउंटर ठीक दस बजे खुलने लगे, ग्राहकों के प्रति व्यवहार पर खास तवज्जो दिया जाने लगा, कोई शिकायत हुई नहीं कि चोपड़ा खुद काउंटर पर आकर बैठ जाता, डाँट डपट के साथ कर्मियों को मेमो तक दिए जाने लगे, कोई कर्मी इधर-उधर घूमता मिल जाता तो उसे टोकने से नहीं चूकता...। बैंक के सभी लोग उससे खासे त्रस्त हो गए थे।

मनीषा की परेशानियाँ तो अनंत थीं। अक्सर पहुँचने में उसे देर हो जाती, बेटे के कारण कभी अचानक अवकाश भी लेना पड़ता और लेखा के काम से अनभिज्ञ होने के कारण अक्सर कोई न कोई गलती भी कर जाती। चोपड़ा का रुख कड़ा

होता चला गया। डाँट डपट से बात अपमान तक आ गयी और तबादले व कार्रवाई की धमकी भी उसे मिल गयी।

मनीषा दुखी रहने लगी, तब रेखा ने समझाया था उसे एक दिन, "कभी अकेले में जाकर बात कर लिया कर। या किसी दिन जम कर उसकी तारीफ कर देना। एकाध बार आँखों से मुस्कराकर उसकी तरफ देख लिया कर, बस फिर देखना..., साला आदमी खूबसूरत औरत से कहाँ बच सकता है। हो सकता है यह सब ड्रामा इसीलिए हो...।"

सुनकर बड़ा वीभत्स लगा था उसे पर यह सचमुच कारगर साबित हुआ। जब उसने अपने परिवार की स्थिति के बारे में बतलाया तो चोपड़ा के बात करने का अंदाज ही बदल गया, "अरे तो इसमें परेशानी की क्या बात है। मैं हूँ न तुम्हारी मदद करने को। मैं तो पहले दिन से ही सोचता था कि इतनी स्मार्ट और चारमिंग लेडी इतनी कैजुयल कैसे हो सकती है। डोंट वरी मनीषा, आयम योउर फ्रेंड...।" उसके चेहरे पर बड़ी अर्थपूर्ण मुस्कान थी।

तमाम अंतर्द्वंद्वों और आंतरिक कलह के बावजूद उनकी घनिष्ठता बढ़ती गयी हालाँकि नैतिकता के सारे बंधनों से वह अपने को पूरी तरह मुक्त नहीं कर सकी है। इसीलिए चोपड़ा के आग्रह को वह कई बार टाल चुकी है पर मना नहीं कर पाती। क्यों, वह खुद नहीं जानती। क्या सिर्फ इसलिए कि चोपड़ा उसका बॉस है और वह उसे प्रसन्न करना चाहती है, याकि उसकी अपनी भी जरूरतें हैं। क्या मिलता है उसे नितिन से...? न आर्थिक संरक्षण, न मानसिक सहभागिता और न ही शारीरिक सुख...। अपनी शर्तों पर जीने का हक क्यों नहीं है उसे...?

आज चोपड़ा के घर उसे जाना है। तयशुदा कार्यक्रम के अनुसार चोपड़ा आज अवकाश पर है और मनीषा को बारह बजे किसी बहाने से बैंक से चले जाना है। एक हफ्ते से चोपड़ा घर पर अकेला है। पत्नी और बच्चे बड़े दिन की छुट्टियों में बाहर गए हुए हैं। तीन दिन से मनीषा उसके आग्रह को टाल रही थी।

"प्लीज मनीषा, परसों सब लोग लौट आएँगे। उसके बाद पता नहीं कब मौका मिले। कहीं और जाने को तुम तैयार नहीं होतीं और अब...।" चोपड़ा ने कल गुहार लगायी थी।

रात भर सो नहीं सकी मनीषा। गजब की धुकधुकी पर अंदर-ही-अंदर सुख का तरल अहसास...। बैंक पहुँचते ही उसने रेखा के साथ भूमिका तैयार कर भी

ली है। लगभग ग्यारह बजे रमेश का फोन आया है कि एक्सीडेंट में नितिन के मामूली चोट लगी है। बुरी तरह तड़प उठी वह। सवालों की झड़ी लगा दी उसने और तुरंत रेखा के साथ चलने को तैयार है वह। तभी नितिन का फोन आ गया है, अपनी कुशलता बतलाने, "परेशान मत होना, कोई खास चोट नहीं है...।"

"तुम तो हरेक चीज में लापरवाही दिखलाते हो। कोई गुम चोट न हो। मैं आती हूँ, किसी अच्छे डाक्टर को दिखा देते हैं। अगर खून निकला हो तो पट्टी के साथ टिटनैस का इंजेक्शन भी लगवा लेना...।"

"अरे यार, ऐसा कुछ खास नहीं है। चिंता मत करो। अभी आने की कोई जरूरत नहीं है। रमेश ने बेवजह तुम्हें फोन कर दिया। मैं तो खुद बाहर घूम रहा हूँ।"

"एक्सीडेंट से परेशानी की कोई बात नहीं है क्या? तुम तो हर चीज को लाइटली लेते हो। फौरन घर पहुँचो। मैं चल रही हूँ।" कहकर उसने फोन रख दिया है।

अंदर एक हौला-सा उठ खड़ा हुआ है। वह बुरी तरह घबरा गयी है। अनिष्ट की आशंका उसे बुरी तरह उद्वेलित किए हुए है।

नितिन के पैर और हाथ में मामूली खरोंचें हैं, खून रिस रहा है। डिटॉल लगा कर उसने सफाई की है।

"भाभीजी, आज तो बस ईश्वर ने ही रक्षा की है। कार वाले ने सावधानी न बरती होती तो आज ट्रक से भिड़ंत कोई रोक नहीं सकता था। मंदिर में प्रसाद जरूर चढ़ा देना आज।"

"हाँ यार, प्रसाद तो चढ़ना ही चाहिए," नितिन ने हँसकर कहा है, "आज पौव्वा की जगह हाफ बोतल आएगी...।"

"तुम्हें तो बस शराब के अलावा कुछ नजर ही नहीं आता," मनीषा बिफर पड़ती है, "उसी का तो यह नतीजा है, सुबह तक उसका सुरूर बना रहता है। जरा-सी लापरवाही में तुम्हें कुछ हो जाता तो...।" उसकी आँखों से झरझर आँसू बहने लगे हैं। अनजानी आशंका से अंदर-ही-अंदर काँप रही है मनीषा।

कुछ देर बाद फोन की घंटी बजी है।

"तुम्हारे हस्बैंड कैसे हैं...?" उधर चोपड़ा है।

"ठीक हैं।"

"हाँ, अभी रेखा से बात हुई थी। पता चला कोई एक्सीडेंट हुआ है पर शायद कोई खास चोट नहीं है।"

"जी, ईश्वर ने बड़ी मदद की है।"

"अच्छा, जरा मेरी बात कराओ।"

"वो तो कहीं जा चुके हैं।"

"कहाँ...?" वह धीरे से हँस दिया है।

"मुझे नहीं पता।"

"तो तुम वहाँ क्या कर रही हो, डियर। मैं बेताबी से तुम्हारा इंतजार कर रहा हूँ। कम लेट्स इंज्वाय...।"

"आप कैसी बातें कह रहे हैं मिस्टर चोपड़ा? मेरे हस्बैंड का एक्सीडेंट हुआ है और मैं...। आप ऐसा सोच भी कैसे सकते हैं। जानते हैं, मुझे कितना शॉक लगा है। कहीं कुछ सीरियस बात हो जाती तो मैं तो कहीं की नहीं रहती...और आप...।" उसका स्वर रुँध गया है।

"पर मनीषा...।"

"नहीं मिस्टर चोपड़ा, एक दोस्त होकर ऐसा सोचते हैं आप। मुझे यह कतई पसंद नहीं।" कहकर उसने फोन रख दिया है।

आजकल नेहा फिर लखनऊ आई हुई है। उसके रहने से मनीषा का रक्तचाप बढ़ा रहता है। उसकी दिनचर्या उसे बुरी तरह चुभती है और तरह-तरह की आशंकाएँ उसे त्रस्त किए रहती हैं। एक अजीब तरह का संदेह उसे जकड़े रहता है। वह कहाँ जाती है, क्या करती है, दिन भर कहाँ रहती है, किसके साथ घूमती है, क्या खाती-पीती है जैसे अनेक प्रश्न उसे बौखलाते रहते हैं। भाईसाहब, भाभी से भी खासी नाराज है वह। नेहा को आए आठ दिन हो गए हैं और उन्होंने एक बार भी फोन करके नहीं पूछा कि वह यहाँ कर क्या रही है। मनीषा का धैर्य जवाब दे गया है।

"भाभी, नेहा का इस तरह बेवजह घूमना-फिरना अच्छा नहीं लगता अब...।" फोन मिलाकर कहा उसने।

"क्या करूँ मनीषा," भाभी ने लाचारी भरे स्वर में कहा, "मानती ही नहीं है। बस लखनऊ जाने की रट लगाए रहती है। चाचा-चाची के रहने से बहाना भी है।"

"पर भाभी, चाचा-चाची के पास तो वह बस रात में सोती भर है। दिन

भर कहाँ घूमती है, इसके बारे में भी कभी पूछ कर देखो आप...।''

''मेरे बस में कहाँ है, मुझे तो पुराने विचारों वाली, नई दुनिया से दूर, संकीर्ण मानसिकता वाली औरत समझती है वह। तुम ही कुछ समझाओ उसे। तुम्हारी बात तो मानती है वह....।''

''क्या समझाना भाभी, उसके मन में आपमें मुझमें कोई फर्क नहीं होगा। इस नयी पीढ़ी की सोच ही अलग है। जो उनकी विचारधारा से मेल नहीं खाता, वो पुराना, रूढ़िवादी और संकीर्ण विचारों का है। भाभी, शादी-ब्याह की सोचो...।''

''सोचते क्यों नहीं पर उसका दिमाग तो सातवें आसमान पर है। फिलहाल तो शादी की बात करना ही नहीं चाहती और कभी करती भ्ज्ञी है तो आई. ए. एस., आई. पी. एस. या फिर पचास हजार पाने वाला एक्जीक्यूटिव चाहिए। कहाँ से लाएँ पचास लाख उनके लिए...।''

''भाभी, उसकी बात सुनती क्यूँ हैं। हमारी आपकी शादी पूछ कर की गयी थी। अपने भइया को देख लो, दिन भर आवारागर्दी के अलावा कुछ काम है। भाभी, हर लड़की के ख्वाब ऊँचे होते हैं। सुंदर, समझदार पति, खाता-पीता घर और हर-तरह से सुखी, हरा-भरा जीवन। पर कितनों को मिलता है ये सब। हार के सब तसल्ली कर लेती हैं और बहुत जल्दी समझ जाती हैं कि कल्पना और यथार्थ के बीच एक बड़ी खाई है। नेहा भी समझ जाएगी।''

भाभी शांत हैं, शायद अंदर से बुरी तरह अशांत और उद्वेलित...।

''भाभी मेरी बात का बुरा मत मानना।'' मनीषा के स्वर में सहानुभूति है, ''हम सभी की बच्ची है नेहा।''

''मैं समझती हूँ। मेरी तो रातों की नींद उड़ी रहती है। चौबीस पूरा कर रही है।''

''भाभी, भाईसाहब से कहिए कि समझाएँ, बुझाएँ और अगर न समझे तो कुछ सख्ती करें...।''

उसने नेहा को समझाने का मन बनाया है। रात्रिभोज से निवृत्त होकर उसके कमरे में पहुँची तो नेहा बाथरूम में थी। अंदर ट्रांजिस्टर पर एफ.एम. बज रहा है। वह बिस्तर पर बैठ गयी। पास ही नेहा का पर्स रखा है। बेख्याली में उसने पर्स उठाकर खोल दिया है।

वह चौंक गयी। दो कंडोम उसमें नजर आ रहे हैं।

सकते में आ गयी वह। पर्स पटककर वह अपने कमरे में चली आई। अंदर

गजब की खदबदाहट है। बेचैन होकर वह इधर-उधर टहलती रही है। क्या करे वह, किससे कहे? पूरी रात सो नहीं सकी मनीषा।

"भाईसाहब से कहो कि नेहा को यहाँ से बुला लें...," सुबह उठते ही आक्रोश भरे स्वर में उसने नितिन से कहा है।

नितिन हैरानी भरी नजरों से उसे देखता है।

"कुछ हुआ क्या...?"

"जब कुछ हो जाएगा तभी होश में आओगे क्या?", मनीषा चीखने लगी है, "यह लड़की दिन भर क्या करती है, कभी सोचा है तुमने। आज ही भाई साहब से बात करके इसे वापस भेजो और तुम नहीं कहोगे तो मैं कहूँगी। इस लड़की की वजह से मैं कितनी टेंशन में रहती हूँ। तुम्हें होश ही नहीं है। अब मुझसे बर्दाश्त नहीं होता।"

"कुछ बात भी तो बतलाओ...।" मनीषा के इस उबाल का कारण समझने की कोशिश कर रहा है नितिन।

काले कंडोम मनीषा की आँखों में घूम रहे हैं। अपनी भतीजी के बारे में यह कड़ुवा सच जानकर कहीं उसे अपने परिवार की अस्मिता पर ही आँच आती न महसूस हो। तब वह कुछ भी कर सकता है। कहीं नेहा पर हाथ ही न छोड़ दे और उसका दुष्परिणाम...! भाभी उस पर ही दोष मढ़ेंगी...।

"तुम्हें जो करना हो करो" कहकर नितिन कमरे से बाहर चला गया है। पर मनीषा के मन को चैन कहाँ। अंदर एक बवंडर मन को पूरी तरह उद्वेलित किए हुए है। क्या नेहा सचमुच चारित्रिक पतन के गर्त में जा डूबी है। कैसी आधुनिकता है यह...? लड़की अपने पर्स में कंडोम लेकर क्यों रहती है भला! या महज सावधानी है यह! किसी विदेशी पत्रिका में कुछ समय पहले उसने पढ़ा था कि किस तरह अमेरिकी माँ-बाप अपनी पुत्रियों को किसी-न-किसी बहाने गर्भ निरोधक गोलियाँ खिलाते रहते हैं..। एक कँपकँपी सी उसके बदन को चीरती चली गयी।

उसके कदम नेहा के कक्ष की ओर बढ़कर थम जाते हैं। पहले सोचा कि यह काम रात के लिए टाल दे पर मन की उथलपुथल थमने का नाम ही नहीं ले रही है। अपने तंतुओं को बटोरा उसने और वह नेहा के कमरे में आकर खड़ी हो गयी है।

"आओ चाची, आज आफिस नहीं जाना आपको?"

''नहीं, जाना है पर तुमसे कुछ बात करनी है मुझे...।'' उसका स्वर बड़ा सपाट और रूखा है।

''जी चाची...।'' अधलेटी नेहा चकित होकर सीधी तन कर बैठ गयी है। हाथ में थमा अंग्रेजी उपन्यास उसने बिस्तर पर रख दिया है।

''नेहा, तुम्हारा इस तरह घूमना-फिरना मुझे कतई पसंद नहीं है। मैं पहले भी तुम्हें समझा चुकी हूँ कि अब तुम बच्ची नहीं हो। रोज सुबह निकलकर देर शाम तक वापिस आना और बस डेटिंग, डांस और फ्रेंड्स की बात करना। भाभी कितना परेशान रहती हैं, कभी सोचा है तुमने...।''

''मैं समझी नहीं चाची,'' नेहा परेशान होकर उसकी ओर देखती है।

''तुम कभी समझोगी भी नहीं। यह क्या हाल बना रखा है तुमने बिना किसी मकसद के तुम आठ-दस दिन यहाँ निकाल देती हो। किसी को पता नहीं रहता कि तुम कहाँ जाती हो, दिन भर क्या करती हो, किसके साथ रहती हो...।'' मनीषा का स्वर लगातार सख्त हो रहा है।

''मेरे बारे में सब कुछ जानने को आप लोग इतना परेशान क्यों रहते हैं?''

''इसमें परेशानी की बात नहीं है क्या। तुम लड़की हो, कल को तुम्हें दूसरे घर जाना है...।''

''ओह कम आन चाची, डोंट टॉक लाइक ए ग्रांड मा...। आप नए जमाने की होकर भी नाइनटींथ सेंचुरी की बातें कर रही हैं। लड़की होना कोई पाप है क्या कि लड़की यह न करे, वो न करे, हर बात पूछ कर करे। आयम एडल्ट नाउ, अपना अच्छा-बुरा समझती हूँ, अपने निर्णय खुद ले सकती हूँ, या आप चाहती हैं कि सब काम आप से पूछ कर करूँ।''

''देखो नेहा, दुनिया बहुत खराब है...।''

''मुझे उससे क्या लेना। मुझे कोई बहका नहीं सकता। मैं वो सब करती हूँ जो मैं करना चाहती हूँ।''

''पर हो सकता है जो तुम करना चाहती हो या करती हो वो सामाजिक दृष्टि से ठीक न हो...।''

नेहा ने एक लंबी साँस ली है। मनीषा की ओर बड़ी पैनी नजरों से देखा है उसने और फिर धीमे स्वर में कहा है, ''आई डोंट केयर...। यह मेरी अपनी जिंदगी है...।''

''नेहा...'' डँपटते स्वर में कहा है मनीषा ने, ''आई डोंट केयर कहने से काम

नहीं चलता। समाज में रहकर उसकी मान्यताओं का पूरी तरह तिरस्कार नहीं कर सकते। हो सकता है जो तुम करती हो वह सामाजिक और नैतिक दृष्टि से गलत हो...।''

''पर चाची, ऐसा मैंने क्या किया है...'' झुँझलाए स्वर में कहा है नेहा ने, ''आपको मेरा यहाँ रहना अच्छा नहीं लगता तो मैं आज ही अपनी फ्रेंड के यहाँ चली जाती हूँ। मम्मी को समझाने की जिम्मेवारी आपकी।'' वह बिस्तर से उठ खड़ी हुई है।

''पागल मत बनो नेहा...।''

''और मैं क्या कर सकती हूँ। फतेहपुर में रहकर अपनी जिंदगी नरक बना लूँ। नो चाची, आई वांट टू एंज्वाय लाइफ...।''

मनीषा के अंदर जैसे एक विस्फोट-सा हुआ है। काले कंडोम एक बार फिर उसकी आँखों में तैरने लगे हैं। क्रोध और छटपटाहट से वह खड़ी-खड़ी काँपने लगी है।

''क्या है एंज्वाय करना,'' मनीषा बेतहाशा चीख रही है, ''पर्स में कंडोम रखना इंज्वायमेंट है, इसी में सारी आधुनिकता है क्या...?''

नेहा का चेहरा फक्क पड़ गया है। मनीषा अलग काँप रही है। उसका चेहरा लाल हो गया है। ऐसा लगता है मानो दोनों की चोरी पकड़ी गयी हो।

एक उग्र संवादहीनता उनके बीच आकर थम गयी है।

कभी हम अंदर से जितना बौखलाते हैं, बाहर से उतने ही जड़ और घुप्प बन जाते हैं।

रेखा आजकल बहुत परेशान दीखती है। उसके चेहरे की मुस्कान और चपलता लगभग गायब है। एकाध बार मनीषा इसकी वजह पूछ चुकी है पर रेखा इसे टाल जाती है। उसकी आँखों और भौंहों में एक तनाव खिंचा नजर आता है। मनीषा भी कारण जानने की ज्यादा कोशिश नहीं करती। किस परिवार में तनाव नहीं होते, उन्हें दूसरे का कुरेदना ज्यादा तकलीफदेह होता है। पिछले दो दिनों से वह अवकाश पर है। मैनेजर उसकी एप्लीकेशन देखकर भुनभुनाता है, ''मार्च चल रहा है और यह मैडम घर बैठ कर छुट्टी भेज देती हैं। लेडीज में काम के प्रति कोई सीरियसनैस ही नहीं है।''

मनीषा भड़क उठती है।

"मिस्टर चोपड़ा, आपको ऐसा नहीं कहना चाहिए। कैजुयल लीव लेने से काम के प्रति सीरियसनैस खत्म हो जाती है क्या? और लोग छुट्टी नहीं लेते क्या. ..?"

"लेते हैं मनीषा।" चोपड़ा का स्वर एकाएक ढीला पड़ गया है, आखिर मनीषा है सामने, "पर पहले से मंजूर करा लेने से दूसरा इंतजाम करने में आसानी होती है।"

"उसकी कोई मजबूरी होगी...।"

"ऐसी भी क्या मजबूरी...?"

"आप नहीं समझ सकते। आप सिर्फ नौकरी करते हैं। हम नौकरी भी करते हैं और घर भी चलाते हैं। आपको न खाने की चिंता है और न ही बच्चे के होमवर्क की। छोटी मोटी बीमारी हारी भी शायद आपको पता न चलती हों और हमें...।"

चोपड़ा बात को आगे नहीं बढ़ाता। आखिर मनीषा के साथ अभी काफी संभावनाएँ हैं। उस दिन नितिन की दुर्घटना न हुई होती तो काम बन ही गया था। मार्च अंत में बच्चों की परीक्षाएँ खत्म हो जाएँगी और एक बार फिर वह अकेला होगा। उसे उस दिन की प्रतीक्षा है।

पर अगले दिन रेखा को डपटे बिना नहीं रहता वह, "नौकरी का मखौल करती हैं आप लोग। जब चाहे घर पर आराम। जब घर पर इतनी समस्याएँ हैं तो नौकरी करने बाहर क्यों निकल पड़ी हो।"

रेखा का उदास चेहरा और अधिक मुर्झा गया है। उस पर संगी-साथियों के फिकरे कम आहत नहीं करते। दीपक के बारे में शायद कुछ लोगों को पता चल गया है। अभी कुछ दिन पहले उसकी मेज की दराज का ताला टूटा हुआ था। दीपक के कुछ पत्र उसमें रखे थे। उसने मैनेजर से इसकी शिकायत भी की थी, अपना शक भी मुकेश पर जाहिर किया था पर जाँच के नाम पर सिर्फ लीपापोती हुई। काफी समय से मुकेश ऐसी हरकतें करता रहा है। आँखों से इशारे, कभी-कभार फोन और एकाध बार मिलने की कोशिश...। मनीषा की सलाह पर ही उसने इसे नजरअंदाज किया है। पर अब...।

"यार, नौकरी से थक गयी हूँ मैं...।" डबडबायी आँखों से कहा है रेखा ने।

मनीषा चकित है। वह सारा उत्साह, वह भरपूर ऊर्जा, वह उत्कट चाह और

उमंग...। कहाँ और कैसे तिरोहित हो गया एकाएक...।

"मैं समझी नहीं, बात क्या है रेखा...?"

"बस यार, लगता है अब काम नहीं कर सकती। घर के साथ नौकरी चलाना बड़ा मुश्किल है। घर में पति और बच्चों को झेलना, सुबह-शाम वहाँ खटना और दिन भर यहाँ का तनाव...।"

"तू ऐसा सोचेगी तो मेरा क्या होगा। तेरी शक्ति और जीवंतता से तो मैं प्रेरणा लेती रही हूँ। याद है शुरू में मैं कितना परेशान रहती थी तो तूने ही मुझे समझाया था। इस नौकरी को पाने के लिए क्या-क्या पापड़ बेले हैं हम लोगों ने, कहाँ-कहाँ टक्करें खाई हैं और इसे जीवन की कितनी अहम उपलब्धि समझते थे हम। और आज..।"

"हाँ मनीषा, यह ठीक है पर यह भी सच है कि घर और बाहर की यह दुहरी नौकरी बहुत जल्दी पस्त कर देती है औरत को। दोनों तरफ से अधूरेपन की शिकायत रहती है और शायद औरत कहीं भी अपने को सौ फीसदी प्रमाणित नहीं कर पाती। दोनों तरफ कुछ-न-कुछ खिसकता महसूस होता है। अब लगता है कि शायद एक सिरे को मजबूती से पकड़ना ज्यादा जरूरी है।"

"हस्बेंड वाला छोर तो सीमेंटेड है ही...।" मनीषा ने हँसकर कहा है।

सुनकर रेखा ने अपना चेहरा नीचे झुका लिया है। दर्द का काला साया उस पर घिर आया है। उसकी आँखों में बड़ी बेचारगी का भाव है। रेखा का यह रूप सचमुच तकलीफदेह है।

"रेखा, तू कुछ छुपा रही है मुझसे। कहने से मन का बोझ हल्का होता है यार...।"

रेखा ने अपनी आँखें ऊपर उठायी हैं। वे झिलमिला रही हैं।

"बता यार, हुआ क्या...?"

"मनीषा, आजकल आकाश का किसी से एफेयर चल रहा है।"

"क्या, तुझे कैसे मालूम...?"

"मुझे पूरा यकीन है। आफिस से देर से आता है, रात में इधर-उधर डिनर के लिए बाहर जाता है और फिर मुँह फेर कर सो जाता है। फोन पर भी देर तक बातें करता है और कभी मैं फोन उठा लूँ तो फोन कट जाता है।"

"तूने पूछा नहीं...?"

"पूछा था, तभी न खूब झगड़ा किया। उसने हाथ छोड़ा तो मैंने भी उसकी

शर्ट फाड़ दी, जी भर कर गालियाँ दीं मैंने।''

''आई कांट बिलीव कि आकाश ऐसा कर सकता है...।''

''अगली बार थाने में रिपोर्ट करूँगी मैं...।''

रेखा के आँसू बह चले हैं। अंदर तक द्रवित महसूस करती है मनीषा। रेखा का यह रूप सचमुच अकल्पनीय है।

''कौन है यह...?''

''मुझे नहीं मालूम...।''

''तू परेशान मत हो। मैं आकाश से बात करूँगी। आकाश मेरा भी तो दोस्त है और हाँ, मैं वो लड़की नहीं हूँ...।'' कहकर वह धीरे से हँस दी है।

रेखा के चेहरे पर मुस्कान की हल्की-सी छटा उभर आयी है।

आज आधे दिन का अवकाश लिया है मनीषा ने। अपनी पुरानी सहपाठी और घनिष्ठ मित्र अनुभा से मुलाकात को लेकर वह काफी उत्साहित और प्रफुल्लित है। कक्षा छह से बी. ए. तक वे साथ पढ़े हैं। अनुभा के पिता का स्थानांतरण होने की वजह से उनका साथ छूट गया। कुछ समय तक पत्राचार चला। अनुभा एम. ए. करने जे. एन. यू. चली गयी और उसके बाद उनका संपर्क कम होते-होते लगभग समाप्त हो गया। इधर मनीषा ने वहीं रहकर एम. ए. किया और अगले वर्ष ही उसका विवाह हो गया। आज लगभग पंद्रह सालों बाद अचानक उसका फोन आया तो उछल पड़ी वह, ''अरे अनु तू, मुझे अपने कानों पर यकीन नहीं हो रहा। मेरा पता कैसे चला?''

''मैडम, मैं यहीं यूनीवर्सिटी में पढ़ाती हूँ और तेरा पता कैसे चला, यह राज है। फिर जहाँ चाह हो, वहाँ राह निकलती ही है...।''

''अच्छा..., चाह को राह निकालने में पंद्रह साल लग गए। ये कैसी चाहत है यार....। पर चल, तूने कम से कम खोज तो निकाला। बता कब आ रही है मेरे पास...''

''कब नहीं आज ही। बता कहाँ मिलेगी, घर से कहीं बाहर जिससे खुल कर बात कर सकें...।''

रायल कैफे में ग्यारह बजे मिलना तय है।

अनुभा में कोई खास बदलाव नहीं आया है। वही दुबला-पतला साँवला शरीर

पर उसका व्यक्तित्व पहले से कहीं ज्यादा आकर्षक और प्रभावशाली दीख पड़ता है। आँखों में काजल की पतली लकीर और होठों पर लिपिस्टिक की गहरी पर्त, चटख रंग की सलीके से बँधी साड़ी और हाथ में इटैलियन लैदर का महँगा पर्स। उनका जोर से गले मिलना हर किसी का ध्यान आकर्षित करता है किंतु अनुभा इससे पूरी तरह बेखबर है।

"यार तू तो बड़ी स्मार्ट चीज बन गयी है, लुक्स सो फ्रेश एंड यंग...।"

"वो तो मैं हूँ ही...।" कहकर अनुभा जोर से हँस दी है।

"अच्छा, ये बता कि मेरे बारे में तुझे कैसे पता चला?"

"सब बताऊँगी, पहले अपने बारे में कुछ बता। पता चला है कि बैंक में कहीं जॉब कर रही है।"

"अरे तुझे मेरे बारे में इतना सब कैसे पता है। कोई जासूस छोड़ रखा है क्या...? तू यहाँ कब से है...?"

"अभी दो साल पहले मेरा यहाँ रीडर की पोस्ट पर एपायंटमेंट हुआ है।"

"ग्रेट। पर तूने मेरी कोई खैर खबर क्यों नहीं ली। अंकल तो इलाहाबाद से भी कहीं और तबादले पर चले गए थे पर मेरा पता तो परमैनेंट था।"

"हाँ यार, बस ऐसे ही पढ़ाई-लिखाई, रिसर्च और फिर जॉब में इतना घिरी रही कि किसी बात की फुर्सत ही कहाँ थी। फिर मैंने सोचा मैडम शादीवादी करके कहीं बच्चे पाल रही होंगी, पति परमेश्वर की सेवा में तल्लीन होंगी...।"

"अरे ऐसा क्यों कहती है। क्या तू इन चीजों से बची हुई है...?"

"अफकोर्स यार, आई लीड ए फ्री लाइफ...।"

"क्या तूने शादी नहीं की...?" मनीषा भौचक होकर पूछती है, "पर क्यों अनु...?"

"क्यों से क्या मतलब है। क्या मैरिज इतनी जरूरी चीज है। इट्स ए ब्लडी रॉटन इंस्टिट्यूशन। औरत को दूसरे दर्जे का नागरिक बनाती है यह, मानवीय अस्तित्व का बद्तर भाग...।" हँसते सुमधुर चेहरे पर एक उग्रता छलक पड़ी है। उसकी आँखों और गालों की मांसपेशियों में एक खिंचाव नजर आने लगा है।

अनुभा में आए इस बदलाव से मनीषा को एक आघात सा लगा है। एकटक वह उसके चेहरे को देख रही है—दिपदिप करता आत्मविश्वास, आँखों में दृढ़ निश्चय की अचूक आभा और आगे बढ़ने की उत्कट आकांक्षा...।

"एक बात पूछूँ..." उनके बीच आए मौन को तोड़ने और शायद अनुभा

को उकसाने के उद्देश्य से मनीषा कहती है, ''जिस चीज का तुम्हें कोई अनुभव नहीं है, उसके बारे में ऐसी धारणा क्यूँ...।''

एकाएक बड़े अजीब ढंग से हँसी है अनुभा जिसमें घोर वितृष्णा और निरे अपमान का भाव है।

''यानी बिना अनुभव के कोई चीज समझी-बूझी नहीं जा सकती और वो भी ऐसी चीज जिसकी दुर्दशा इतनी सार्वजनिक हो...।'' बड़ी अजनबी बन गयी है अनुभा जिसके सामने बैठी मनीषा कितनी अनजान और शायद तुच्छ है।

''पर यार, हर सिक्के के दो पहलू हैं, पक्ष और विपक्ष है; हम नौकरी करते हैं—कम बवाल है यह। कभी-कभी घर में रहने वाली स्त्रियों से ईर्ष्या होती है। हर औरत माँ बनना चाहती है, बच्चों को पालना चाहती है पर बच्चों को पालना पोसना-आसान है क्या। सुबह से शाम तक बुरी तरह चट जाती है औरत। पर अपने बढ़ते बच्चे को देखकर अपनी सारी पीड़ा, सारा कष्ट कितना गौण प्रतीत होता है उसे। इसी तरह आदमी का सुख...।''

''वो सुख तो बिना शादी किए भी मिल सकता है...।'' अनुभा बीच में ही टोक देती है।

''अनु, मैं सिर्फ सेक्स की ही बात नहीं कर रही हूँ। पुरुष के संसर्ग से और भी चीजें जुड़ी हुई हैं—जैसे सुरक्षा का भाव, एकाकीपन से मुक्ति, साहचर्य और सहभागिता।''

''यही सब तो हम लोगों में कूट-कूट कर भरा जाता है। इसी ने तो आज इक्कीसवीं सदी में भी औरत की दशा में कोई सुधार नहीं किया है। हमें लगता है कि आदमी के बिना औरत की जिंदगी कितनी अधूरी है। आदमी हमारी इस कमजोरी को अच्छी तरह समझता है और इसका भरपूर फायदा उठाता है। तमाम अत्याचार और ज्यादतियाँ सहकर भी औरत वही सोचती है जो तूने कहा है। मुझे तो कोई असुरक्षा का भाव नहीं है और न ही मैं अकेली महसूस करती हूँ।''

किशोरावस्था की अपनी अभिन्न मित्र का एक नया रूप मनीषा के सामने प्रकट हुआ है। हैरत भरी नजरों से वह उसे देख रही है।

''मनीषा,'' अनुभा कह रही है, ''यह सब जीवन शैली पर निर्भर है। तूने एक आदमी को जीवन-साथी बनाया है तो तुझे ऐसी अनुभूति होती है क्योंकि तू उसकी अभ्यस्त हो चुकी है। मैं तो ऐसा सोच भी नहीं सकती। मेरे लिए तो यह एक जबरदस्त बंधन है। मैं अपनी शर्तों पर जीती हूँ और मुझे अपनी जिंदगी में

कोई कमी भी नजर नहीं आती। मेरे कुछ अच्छे दोस्त हैं, उनके साथ घूमती हूँ, एंज्वाय करती हूँ—बराबरी के रिश्ते के साथ...।''

''तुझे कभी अकेलापन नहीं सताता...?''

''कैसा अकेलापन...! आय हैव नो टाइम। मुझे इतना कुछ करना है। पढ़ाई के अलावा मैं एक एनजीओ से जुड़ी हूँ, एक गरीब बच्चे का सारा खर्च देती हूँ और तमाम सामाजिक काम करती हूँ।''

एक लंबी साँस लेकर मनीषा उसकी ओर बड़ी अटपटी नजरों से देखती है। अनुभा मंद-मंद मुसकरा रही है। मनीषा पर अपना प्रभाव देखकर शायद उसे संतोष की चरम अनुभूति का अहसास हो रहा है।

''और यार,'' अनुभा आगे कहती है, ''जिंदगी में शादी, पति और बच्चे ही सब कुछ नहीं है। आदमी की अपनी प्राथमिकताएँ हैं, उसमें कुछ करने की आकांक्षा हो सकती है। मई में मैं एक फेलोशिप के अंडर तीन महीने के लिए स्टेट्स जा रही हूँ। वहाँ एक अंतर्राष्ट्रीय कान्फ्रेंस में मुझे एक पेपर पढ़ने के लिए इन्वाइट किया गया है। मेरी दो किताबें आ गयी हैं और सौ से भी ज्यादा पेपर्स छप चुके हैं। ये जीवन की उपलब्धि नहीं है क्या?''

अनुभा सवालिया नजरों से मनीषा को देख रही है। ऐसा लगता है मानो दो भिन्न जिंदगियों में टकराव और तुलना है अथवा उनके अपने नजरिए हैं।

''और मनीषा,'' अनुभा कुछ देर शांत रहकर कहती है, ''मुझे लगता है कि आज हमारी हालत दादियों और नानियों से भी ज्यादा खराब है। उनके जीवन के लक्ष्य ज्यादा स्पष्ट थे। आज की औरत न इधर है न उधर। कितने प्रतिशत विवाह सफल हैं आज। मुझे तो हर दूसरी लड़की अपने घर वापिस लौटती दिखलायी पड़ती है। यूनीवर्सिटी में जितनी लेडी लेक्चरर हैं, उनमें से पचास प्रतिशत से भी ज्यादा या तो डायवोरसीस हैं या अलग रह रही हैं और जो साथ रह रही हैं, उनका पुरसाहाल किसी से छिपा नहीं है। कुछ लोग तो बस लिविंग टुगैदर के कंसेप्ट पर चल रहे हैं। एक-दूसरे को पार्टनर कहकर संबोधित करते हैं।''

''पर इसमें हर्ज क्या है...?''

''तुझे इसमें कुछ हर्ज नहीं लगता। फिर शादी का दिखावा क्यूँ...?''

मनीषा निरुत्तर है, काफी बेचैन और भ्रमित भी...। एक अजीब-सी छटपटाहट ने उसे अंदर से जकड़ लिया है। एक संवादहीनता वहाँ आकर थम गयी है।

''अंकल आंटी कैसे हैं अनु?'' बातचीत को नया मोड़ देने के उद्देश्य से पूछती है मनीषा।

''पापा की तो पाँच साल पहले डैथ हो गयी।''

''सचमुच..., वेरी सैड, और आंटी...।''

''वो मेरे साथ रहती हैं।''

''पर उनके साथ रहने से तेरी फ्री जिंदगी में कोई खलल नहीं पड़ता...?'' इस बार मनीषा चोट करने से नहीं चूकती।

''पागल है तू...।'' अनुभा आहत महसूस करती है, नाराजगी भरे स्वर में बोली है, ''माँ-बाप की सेवा करना हमारा धर्म है। मम्मी के साथ रहने से मुझे कितनी खुशी मिलती है और फिर कहाँ रहेंगी। तुझे मालूम है हमारा कोई भाई तो है नहीं..।''

''और अंकिता, वो कहाँ है...?''

अनुभा एक लंबी साँस लेती है। उसके चेहरे पर संतोष और उपलब्धि के भाव हैं।

''अभी तीन साल पहले मैंने बड़े धूमधाम से उसकी शादी की थी। आई आई टी इंजीनियर है विपुल, एक मल्टीनेशनल में काम करता है। अब तो एक बेबी भी है उनके पास, बड़ा प्यारा बच्चा है मनी...।'' उसका स्वर चहक रहा है, आँखों में एक नयी दीप्ति उभर आयी है।

टकटकी बाँधे मनीषा उसके चेहरे को घूर रही है। अनुभा अचकचा उठी है। असहज होकर वह घड़ी की ओर देखने लगी है।

''अच्छा चलते हैं अब...। पर यह तो बता कि मेरे बारे में पता कैसे चला?'' मनीषा उसे सहज बनाने के लिए पूछती है।

अनुभा जोर से हँसी है, और देर तक हँसती है। मनीषा को उसका इस तरह हँसना कतई नहीं भाता।

''इसमें भी हँसने की कोई बात है या इसके पीछे भी नयी सदी की औरत का कोई राज है...।'' तंज भरे लहजे में कहती है वह।

कुछ पल शांत रहकर अनुभा ने गंभीर स्वर में कहा है, ''दुनिया बड़ी छोटी है मनी। पिछले हफ्ते एक रिसर्च स्कालर ने मेरे अण्डर में रजिस्ट्रेशन कराया है, उसी से तुम्हारे बारे में पता चला।''

''कौन...?''

''तुम्हारी नीस है शायद...।''

''क्या नेहा...?''

"हाँ, नेहा वर्मा...।"

"आजकल यहीं है क्या...?"

"अफकोर्स। अभी किसी फ्रेंड के यहाँ रह रही है। जल्दी ही हॉस्टल में शिफ्ट कर लेगी।"

मनीषा ने एक लंबी साँस ली है, क्यूँ वह खुद नहीं जानती। परेशान होकर या मुक्ति पाकर, उसे पता नहीं...।

स्खलन

...गहरा, घना बियाबान...

...गहराती शाम जो बहुत जल्दी गाढ़े अँधेरे में तरमीम होने जा रही है...

...तरह-तरह के परिंदों का दर्द भरा क्रंदन...

...वीभत्स सी जुगलबंदी जब थमने लगती है तो कहीं खूँखार जानवरों की आक्रांत भरी दहाड़...

...क्या अँधेरा सभी के लिए आतंक का पर्याय है...?

एकबारगी स्नेह कस कर उसका हाथ थाम लेती है। पर उस जकड़न में अजीब-सी निस्पृहता है।

वे दोनों ही रास्ता ढूँढ़ने के लिए छटपटा रहे हैं—रास्ता जहाँ प्रकाश हो, आशा हो, जीवन हो, स्पंदन हो, वर्तमान हो, भविष्य हो, और हों ढेर सारी खुशियाँ, उम्मीदें और उनसे जुड़े सपने...।

एकाएक मंदिर का घड़ियाल पूरे माहौल को प्रकंपित कर गया है।

वहीं उम्मीद की किरण भी टिमटिमाती है।

मंदिर की खोज...। भटकाव, सूखे पत्तों की चरमराहट...। एकाएक परिंदों का पेड़ों के बीच फड़फड़ाना, चमकती आँखों वाली डरावनी बिल्ली का बार-बार रास्ता काट जाना और कभी साँय-साँय की मानिंद गुजरता तेज हवा का झोंका।

कोठरीनुमा मंदिर, टिमटिमाता दीप और बीच में स्थापित भव्य शिवलिंग।

स्नेह उसकी पकड़ से मुक्त होकर उस मंदिर की ओर दौड़ पड़ी है।

अंदर बाहर कोई नहीं...

आसपास कोई नहीं...

"कोई है...।" वह जोर से चीखती है।

"कोई है।" वह भी पूरी ताकत से पुकारता है।

फिर जलता दीप...बजता घड़ियाल...?

दीवार पर एक काला साँप सरसराता नजर आता है। छत पर मकड़ी का घना जाला बुना है। दूर कहीं गीदड़ और सियार की कर्कश आवाजें आने लगी हैं।

स्नेह गिर कर शिवलिंग को अपने दोनों हाथों से थाम लेती है।

एकाएक उसकी आँखों से भय और आतंक तिरोहित हो चला है। उसके चेहरे की भावभंगिमा अचानक बदल गई है।

...उसमें उन्माद और उत्तेजना है, आह्लाद व आकांक्षा है।

बड़े गौर से वह कभी स्नेह और कभी उसके हाथों में जकड़े शिवलिंग को देख रहा है।

...अचरज से, आघात से...।

पीछे यह किसका चेहरा नजर आ रहा है, मुस्कराता हुआ, शरारत भरा...।

वह जोर-जोर से चीखने लगा है। पर उसे लगा कि उसकी आवाज दीवारों से टकराकर उसके कानों को ही चोटिल कर रही है। उसे शक हुआ कि उसके मुँह से कोई शब्द निकला भी है। उसकी तो घिग्घी बँधी हुई है।

बरामदे में टँगे घंटे पर लटककर झूलने लगा है वह।

दसों दिशाओं से आतंक भरी टनटन की वीभत्स ध्वनियाँ गूँज रही हैं।

उसका माथा लहुलूहान हो चला है। खून बुरी तरह रिस रहा है। कमीज लाल रंग से सराबोर हो चली है।

उसका सर चकराने लगा है, पकड़ ढीली हो गई है।

धड़ाम से वह नीचे गिर पड़ता है।

अर्धमूर्च्छित अवस्था में ठहाकों का अट्टहास उसके कानों में जहर की तरह घुल रहा है...

हा, हा, हा, हा....

ऐसा लगा जैसे कोई दुःस्वप्न उसके अंतरंग को चीरता चला गया है याकि घुप्प अँधेरे में चमगादड़ की उद्विग्न फड़फड़ाहट कहीं अंदर तक दहशत पैदा कर गई है अथवा मिटटी के ढूह पर सजा आशियाना किसी जलजले से भरभरा कर टूट पड़ा हो।

वह हड़बड़ाकर उठ बैठा है। नाइटलैम्प का पीला प्रकाश कमरे में रहस्य और आतंक का तिलिस्म पैदा कर रहा है। हर चीज बड़ी रोमानी नजर आ रही है, जादुई यथार्थ सी..., जहाँ मूर्त होते हुए भी सब कुछ अमूर्त दिखलाई देता है, सच होते हुए भी सच की परछाईं नजर आती है। यथार्थ मायाजाल का भ्रम देता है। वास्तविकताएँ फैंटेसी के आवरण में जकड़ी दिखलाई देती हैं।

एकाएक नाइट लैम्प की धीमी रोशनी उसकी आँखों में चकाचौंध पैदा करने लगी है। उसे कुछ भी साफ-साफ नजर नहीं आ रहा है। उसे समझ ही नहीं आता कि यह उस चौंध का परिणाम है अथवा वहाँ छाए धुँधलके का...। जोर-जोर से वह अपनी आँखें मलने लगा है, इतनी जोर से उसमें पहले जलन हुई और फिर आँसू बहने लगे हैं। नवंबर की इस ठंडी रात में उसका पूरा बदन पसीने से तर है। माथे पर नन्हे-नन्हे कण उग आए हैं। हथेलियाँ नम और ठंडी हैं। उसे लगा उसका रक्तचाप नीचे गिर रहा है। दिल की धड़कनें असामान्य रूप से तेज गति से चल रही हैं।

डाक्टर की सलाह उसे याद आई। पास रखे डिब्बे में से निकालकर उसने एक गोली फाँक ली और गटागट पानी मुँह में उँड़ेल लिया है।

वह बिस्तर से उठ खड़ा हुआ है। पैरों में हल्की-सी थरथराहट महसूस की है उसने। बिस्तर के सिरहाने रखी तौलिया से उसने अपने हाथ और मुँह पोंछे हैं।

मरियल कदमों से वह बाथरूम चला गया है। उसे लगा उसे जोर से पेशाब आ रहा है। वह कमोड पर खड़ा हुआ, नाड़ा खोल कर पाजामा नीचे खिसकाया पर पेशाब की एक बूँद नहीं टपकी। उसने अपने शिश्न को जोर से पकड़कर हिलाया है।

...एकाएक मंदिर का शिवलिंग, उसे समेटे स्नेह के हाथ, उसकी आँखों का उन्माद और पीछे से आ रही वीभत्स खिलखिलाहट उसके दिमाग में कौंध गए हैं।

अजब-सी घबड़ाहट से उसने अपने पाजामे का नाड़ा बाँध लिया है। बिना हाथ धोए वह बाथरूम से बाहर आ गया है। उसे लगा स्नेह तो वहाँ मौजूद ही नहीं है। कमरे में आकर उसने अपनी परेशान निगाह बिस्तर पर डाली। गहरी नींद में अलमस्त स्नेह को देखकर उसके मन को बहुत चैन हुआ। उसके बाल तकिए के पीछे फैले हैं, गाऊन के दो बटन खुले हैं। उनमें से झाँकते उसके पुष्ट उरोज और उनका उतार-चढ़ाव उसमें अनचाही वितृष्णा पैदा कर रहा है।

उसका मन हुआ कि वह उसे बुरी तरह झिंझोड़ दे। बिंदी, काजल और लिपिस्टिक लगे चहरे को कस कर नोच ले या उसे पूरी तरह अनावृत कर खड़ा कर दे...।

...मेरी नींद रौंद कर इस तरह सोने का क्या हक है तुझे...। नीच, कमीनी।

अपने हाथों में कसमसाहट महसूस की उसने। उसका मन हुआ कि वह तड़पड़ स्नेह के मुँह पर चाँटे मारने लगे।

...नहीं, मुझे सच जानना है, अपने मन के पक्के यकीन पर सबूत जुटा कर इस जंग को आर-पार करना है। मेरे यकीन को शक में बदल कर तू मुझे गलत और बीमार साबित करना चाहती है, मुझे पागल और सिरफिरा करार देना चाहती है। तभी न बढ़ चढ़ कर आरोप-प्रत्यारोप और वर्चस्व की लड़ाई का प्रलाप. ..

"मेरा नौकरी करना तुम्हें अच्छा नहीं लगता हालाँकि हर पहली तारीख को तनख्वाह अपने कब्जे में कर लेते हो। किसी आदमी से मेरा बात करना तुम्हें पसंद नहीं। मेरा सजना-सँवरना तुमसे बर्दाश्त नहीं होता। मेरा फोन आने पर तुम्हारे कान खड़े हो जाते हैं...। क्यूँ..., क्योंकि तुम सोचते हो औरत और मर्द का रिश्ता सिर्फ शरीर का है। औरत और मर्द के बीच संबंध का हर सूत्र उन्हें बिस्तर तक ले जाता है। हर पुरुष लम्पट और व्यभिचारी है और हर औरत सिर्फ देह...। औरत का सारा अस्तित्व उसके सीने और योनि के बीच सिमटा है...। औरत-मर्द का हर रिश्ता वहीं से शुरू होकर वहीं खत्म होता है...।"

तड़, तड़, तड़ाक...

"बेहया, छिनालपन और मुँहजोरी...।"

"शरीर की ताकत से मुझे दबाना चाहते हो...।" स्नेह उछलकर उसके कुर्ते से लटक गई। कुर्ता चिर्रर से तार-तार हो गया। उसके तेज नाखून मनोज के सीने पर रक्त की सर्पीली नाड़ी बनाते हुए चले गए। वह नीचे गिर पड़ी, अपने हाथ और मुट्ठियाँ उसके पैरों और जाँघों पर चलाने लगी।

बदहवास-सी वह चीखने-चिल्लाने लगी। दोनों बच्चे दरवाजे की ओट लिए सहमे से खड़े थे। स्नेह को रोता देखकर वे भी जोर-जोर से रोने लगे। आशू पास आकर मम्मी की गोद में गिर पड़ा और बड़ी ईशा अपने कमरे में जाकर बिस्तर पर निढाल गिर पड़ी।

उसका मन वहाँ से जाने का हुआ किंतु स्नेह ने उसके पैरों को जकड़ रखा था। बीच में आशू भी था इसलिए पैरों को झटकने से उसे चोट लग जाने का डर था।

"ये ड्रामेबाजी बंद कर...। मेरी जिंदगी नरक कर दी है तूने। मेरा सुख-चैन छीन लिया है तूने। यही दिन दिखाने के लिए मुझसे प्यार का नाटक किया था तूने। आज ये बच्चे नहीं होते तो कब का तुझे जहर खिला कर अपनी जान दे देता। अब इन बच्चों का क्या करूँ...? देखना किसी दिन इस घर से चार लाशें निकलेंगी...। इस गलीज जिंदगी से कहीं बेहतर मौत है।"

उसका स्वर भरभरा उठा। आँखों से टपटप आँसू बहने लगे। उसे अपने पैर काँपते हुए महसूस हुए। अंदर उठी गहरी चुभन से वह कराह उठा। बदन की पोर-पोर से टीस-सी उभरती महसूस हुई उसे।

एकाएक वह वहीं ढह गया। भावशून्य आँखों से वह छत की ओर देखने लगा। चारों तरफ जाले ही जाले नजर आए उसे। उसे लगा कि बहुत जल्दी ये जाले उसे अपनी गिरफ्त में जकड़ लेंगे। असंख्य कीड़ों की तरह वह उनमें झूलने लगेगा।

और..., और पार्श्व में वो उत्तेजनापूर्ण ठहाके...।

"नहीं..."

वह जोर से चीखने लगा। उसकी चीख कब रुलाहट में बदल गई, उसे पता ही नहीं चला। वह फर्श पर पसर गया। फर्श की पथरीली सतह पर अपने हाथ चलाने लगा।

स्नेह के अंदर सहानुभूति की लहर उमड़ पड़ी। मनोज की दशा सचमुच अकल्पनीय थी। उसकी व्यथा चेहरे और बदन पर मानो सशरीर उपस्थित थी। उसका हृदय पसीज उठा। स्नेह ने उसका हाथ पकड़ने की कोशिश की तो गरजने लगा वह, "नहीं, मुझे मत छुओ...।"

उसका चेहरा हिंस्र हो चला था। आँखों में क्रूरता आग के मानिंद दहक रही थी। पूरे शरीर में जैसे एक जकड़न-सी आ रही थी।

स्नेह बुरी तरह डर गई। अंदर बाहर काँपने लगी। लड़खड़ाते कदमों से आशू को गोद में लेकर वह दूसरे कमरे में चली गई थी।

वह देर तक निस्पंद खड़ा बेखबर सोती स्नेह को ताकता रहा है। खूबसूरत चेहरा, बंद गुलाबी होंठ, भरा-भरा बदन, गोरी सुडौल जाँघें और उघड़ी हुई चिकनी पिंडलियाँ...। सुप्त देह उसे आमंत्रण-सा देती लगती है। एक झनझनाहट-सी महसूस की है उसने।

धीमे कदमों से वह पलंग के पास खिंचा आता है और पलंग के किनारे पर अपने को टिका दिया है।

अंदर एक अबूझ तृष्णा उसे झकझोरने लगी है। उसका मन हुआ कि स्नेह के कोमल होंठों पर अपने होंठ जड़ दे, उसकी उभरी छातियों को अपने हाथों से दबोच ले। पर एक अनजानी जड़ता उसे रोके रही है। वह गुमसुम-सा उसी मुद्रा में वहाँ बैठा है–बहुत देर तक...। शादी के दस सालों में कोई खास बदलाव नहीं आया है स्नेह में सिवाय बदन के कुछ भराव के...जिससे उसके आकर्षण में और बढ़ोतरी हुई है। कितनी उत्तेजना, उत्कंठा और उन्माद के बीच हुई थी उनकी शादी। यूनीवर्सिटी के हर लड़के-लड़कियों की जुबान पर उनका प्यार और उसके किस्से थे। उन्होंने कभी इसे छिपाया भी नहीं हालाँकि परिवारवालों के विरोध की आशंका उन्हें विचलित करती। वह जानता था कि विरोध उसे ही ज्यादा झेलना था। परिवार की प्रतिष्ठा, ऊँचा खानदान, भव्य पारंपरिक विवाह की चाह और शानदार दहेज की कामना...। अपने को आधुनिक समझने वाले स्नेह के मम्मी-पापा भी विजातीय दामाद की कल्पना से खासे त्रस्त थे। स्नेह सुंदर थी, कॉन्वेंट एजूकेटेड थी, हॉस्टल में रहकर यूनीवर्सिटी में पढ़ी थी और फिर क्षेत्र के नामी महाविद्यालय में प्रवक्ता बन गई थी। समझाने की कोशिश भी की पर स्नेह के अडिग रुख को ज्यादा दिन न झेल पाए। वे जल्दी ही मामले की गंभीरता समझ गए। सहमति दे दी।

विवाह संपन्न हुआ, जीवन खुशहाली के रास्ते पर आगे बढ़ा, दो प्यारे बच्चों का जन्म हुआ। सब कुछ ठीकठाक था कि अचानक...।

"उठो..।" उसने स्नेह को बुरी तरह झिंझोड़ दिया है।

दहशत के साथ स्नेह उठ बैठी है।

"क्या है...?" डर और गुस्से की मिलीजुली आवाज में उसने पूछा है।

"वो डायरी कहाँ है...?"

अचरज भरी दृष्टि से स्नेह उसे घूरने लगी है। धीरे-धीरे आश्चर्य का स्थान वितृष्णा ने ले लिया है। मन हुआ कि वह जोर से चीखने लगे या गला फाड़ कर रो दे। बमुश्किल संयत स्वर में उसने कहा, "रात के दो बजे हैं, सो जाओ...। मुझे...।"

"तेरी तरह मोटी खाल नहीं है मेरी, रंडी...।" वह फुंकारने लगा है, "मेरी नींद उड़ाकर खुद बेखबर सो रही है।"

उसने कसकर स्नेह की बाँहों को जकड़ लिया है।

अब स्नेह गहरे डर से घिर आई है। उसे लगा कि किसी भी पल वह उसे

मारने पीटने लगेगा। सहमी आँखों से वह कुछ पल उसके विकृत चेहरे को देखती रही है। मरियल रोशनी में मनोज का चेहरा भूतिया जैसा लग रहा है। गले में जैसे काँटे उग आए हैं। उसने अपने चेहरे को अपनी जाँघों के बीच छिपा लिया है।

''बता, डायरी कहाँ है...? बाल पकड़कर उसने स्नेह के चेहरे को निर्ममता से उठा लिया है।''

''कैसी, डायरी...?'' अस्फुट से स्वर में उसने पूछा है।

''वही डायरी जिसमें तूने अपने प्यार और हवस की दास्तान लिखी है...।''

''मैंने ऐसा कुछ नहीं लिखा था। इधर-उधर पढ़े कुछ उद्धरण बस नोट कर लिए थे। कितनी बार बतला चुकी हूँ।'' टूटती आवाज में उसने कहा है।

''बेशर्म औरत, झूठ बोलती है तू...। सालों से इस झूठ के बीच रहा हूँ मैं। सती सावित्री के इस ढोंग से मेरा अंग-अंग जलने लगा है। शक तो मुझे काफी पहले से था पर मेरा विश्वास मुझे जिलाए रहा। पर तूने मेरे यकीन को तहस नहस कर दिया है। मुझे पूरी तरह तोड़ दिया है, जिंदा होकर भी मैं मर गया हूँ।''

धीमी रोशनी में उसकी लाल आँखें बड़ी खौफनाक लग रही हैं। कँपकँपाते हाथों की पकड़ ढीली हो गई है। वह उठ खड़ा हुआ है।

''चल निकाल, कहाँ है वो डायरी...?''

''मैंने जला दी। जिस चीज से तुम्हें इतनी तकलीफ पहुँची है, उसे भला कैसे रख सकती हूँ।''

''यानी सबूत मिटा दिया तूने...। मैं नहीं मानता...। तेरी किसी बात पर अब मुझे भरोसा नहीं है।''

''कैसे यकीन दिलाऊँ?''

''यकीन...'' उसने हिकारत भरी नजरों से देखा है, ''कहते हुए तुझे शर्म नहीं आती...। डूब नहीं मरती कहीं...। कितना बड़ा विश्वासघात किया है तूने...। पति-पत्नी के पवित्र रिश्ते को कलंकित किया है तूने।''

''मैंने ऐसा कुछ नहीं किया, यकीन करो...।''

''फिर तूने उस डायरी को नष्ट क्यों किया...।''

''क्योंकि उसने हमारे बीच इतनी बड़ी गलतफहमी पैदा कर दी...।''

''अच्छा तो सच बतला दे...।''

"क्या सच, कैसा सच...?"

"वही जो तू छिप-छिप कर करती रही है...।"

"कहा न, मैंने ऐसा कुछ नहीं किया है। बेवजह शक करते हो...। प्लीज सो जाओ...।"

स्नेह के आँसू फिर बह चले हैं। उसका स्वर सिसकियों में डूब गया है।

"मुझे झूठा साबित करना चाहती है, मुझे पागल करार देना चाहती है, साईक्रेटिस्ट के पास चलने को कहती है जिससे तुझे मौज मस्ती करने की पूरी आजादी रहे। पर मैं ऐसा नहीं होने दूँगा। पूरी तरह बरबाद कर दूँगा तुझे चाहे मैं और मेरा खानदान ही इसमें पूरी तरह तबाह क्यों न हो जाए। इसलिए सच-सच बतला दे कि कौन है वह...।"

उसकी सिसकियाँ बँध गई हैं। अपने बाल नोचने लगा है वह। फिर दीवार पर अपनी मुट्ठियाँ मारने लगा है। थककर वह पास पड़ी कुर्सी में धँस जाता है। कुर्सी के हत्थे कसकर भींच लिए हैं उसने। रोता हुआ उसका चेहरा बड़ा विकृत और भयावह लग रहा है।

अनहोनी की आशंका से ग्रस्त स्नेह उठकर बाथरूम में चली गई है। फिर शीशे के सामने खड़ी होकर वह देर तक अपनी लाल बहती आँखों को देखती रही है। उसका सर चकराने लगा है, आँखें जल रही हैं, दिल की धड़कनें जैसे पूरे बाथरूम में अनगूँज पैदा कर रही हैं।

स्वर्ग और नरक की परिकल्पना इस पृथ्वी से इतर क्यूँ की जाती है, मैं नहीं जानती। मनुष्य का स्वर्ग और नरक तो यहीं है, उसके जीवन में ही है बल्कि मुझे लगता है कि घर की चारदीवारियों के बीच सिमटा हुआ है। बाहर की दुनिया तो मात्र भ्रम है, महज छलावा है, शायद कभी दिलासा भी...। पर वो ठिकाना नहीं, पिकनिक स्थल है।...घर जो सुख और शांति का प्रतीक है, वो घर जो जीवन के समस्त संघर्षों और यातनाओं को अपने में ज़ज्ब करने का सामर्थ्य रखता है, वो घर जो पति-पत्नी के आपसी सद्भाव और सामंजस्य तथा बच्चों के अद्भुत बंधन से जीवन को रोज एक नई ऊर्जा से सराबोर कर देता है, वही घर आज मुझे पल-पल डसता है।

मैं इसका नमूना हूँ, जीती जागती, चलती-फिरती तस्वीर हूँ...। घर की रोटी बनाने से लेकर बच्चों की हर फरमाइश पूरी करने तक, पति की तमाम पसंदगी-नापसंदगी का ख्याल रखने से लेकर बिस्तर में मेनका की पूरी भूमिका का निर्वाह करने तक...

और पूरी ईमानदारी से पढ़ने-पढ़ाने और तमाम काम करने से लेकर सहयोगियों से हँसने-बोलने तक...सब कुछ यंत्रचालित-सा है...। वजूद के अंदर प्रोग्राम्ड है सारा डाटा, आटो प्ले की क्षमता सहित...।

कहीं पढ़ा था कि रिश्तों को संदेह की घुन खा जाती है। ऐसा होता तो मैं अपने को अवश्य दोषी मानती। सोचती कि मैंने समय रहते कोई कदम नहीं उठाया, कोताही और लापरवाही की...। पर उसका क्या करें जब बनी बनाई इमारत किसी अनजाने जलजले से भरभराकर ढह पड़े, सुनामी की विध्वंसक लहरों की मानिंद पूरे अस्तित्व को रौंद कर तबाही और उजाड़ का लोमहर्षक मंजर बना दे...।

सात दिनों का छात्राओं का टूर लेकर मैं नैनीताल और कुमाऊँ गई थी। हर साल बाहर जाने के नाम पर सदैव अपनी अनिच्छा और असहमति देती रही थी। प्रिंसिपल मेरी दिक्कतें जानते थे, इसलिए इस बार मनोज और बच्चों को भी ले जाने की विशेष अनुमति दी गई थी। इसी शर्त पर मैं राजी भी हुई, मनोज से पूरी सलाह, मश्विरा करके...। कार्यक्रम बन गया। बच्चों के साथ मनोज भी खुश थे। किंतु ऐन मौके पर मनोज को छुट्टी नहीं मिल पाई। अचानक किसी सीनियर अफसर का दौरा और मुआयना आन पड़ा। मैं उलझन में थी। अकेले दोनों बच्चों को अपने साथ ले जाना मेरे बस की बात नहीं थी। मैंने टूर से बचना चाहा पर अब प्रिंसिपल अड़ गए। मुझे उनके आग्रह में कुछ बेजा भी नहीं लगा। मनोज ने ही मुझे पसोपेश से उबारा था। मैं चली गई, इस वादे के साथ कि तीन दिन बाद मनोज बच्चों के साथ मुझे, रानीखेत में ज्वायन करेंगे।

तीसरे दिन मनोज तो नहीं आए, सुबहोसुबह उनका फोन जरूर आया। इस बेवक्त के फोन से मुझे कुछ उलझन-सी हुई। अभी भोर की किरणें नहीं फूटी थीं। चारों ओर सन्नाटा था। सभी रजाइयों में दुबके हुए पहाड़ की ठंड से उबरकर गर्माहट भरी गहरी नींद में डूबे हुए थे।

"तुम फौरन वापस चली आओ...।" उसका पहला वाक्य था, बड़ा रूखा और कुछ आक्रामक स्वर में।

"क्या...?" मैं गहरी नींद में थी, लगा कुछ गलत सुना है।

"यू मस्ट कम बैक इमीडियेटली...।" मनोज चीख रहा था।

"पर क्यूँ..., क्या हुआ...?" मैंने परेशान होकर पूछा।

मनोज खामोश रहा। उसकी चुप्पी मेरे लिए बड़ी त्रासद थी।

"बोलते क्यों नहीं, क्या हुआ...? सब ठीक तो है न...। बच्चे, मम्मी पापा...।"

"ओह शटअप...।" बुरी तरह फुंकार उठा वह, "जस्ट कम बैक...। डोंट आस्क एनीथिंग...।"

मनोज का सर्वथा नया रूप मेरे सामने उद्घाटित हुआ था। मैं सन्न रह गई। दिमाग की नसें चटखने लगीं। आगे कुछ पूछने की हिम्मत नहीं जुटा पा रही थी मैं। अंदर ही अंदर इस विस्फोट के कारणों की बाबत सोचती रही पर मस्तिष्क ने काम करना बंद कर दिया। अपने मम्मी पापा के स्वास्थ्य के अलावा मनोज को और कोई चिंता रहती भी नहीं थी। बच्चों की बीमारी हारी होती तो भला बतलाने में क्या दिक्कत थी। बच्चे अभी छोटे थे, इसलिए और कोई बात दिमाग में आती ही नहीं थी। फिर अचानक...?

मन हुआ कि हिम्मत करके पूछ ही डालूँ। फिर मुझे डरने की कोई वजह भी नजर नहीं आई।

"बात क्या है, साफ-साफ बतलाओ। आखिर इतनी सुबह मुझसे यह बदतमीजी क्यों...?" मेरे अंदर भी गुस्सा जमा होने लगा था।

"अब लौटने पर ही बात होगी।"

"पर आखिर कौन-सा पहाड़ टूट पड़ा है। मैं इस तरह बीच में टूर छोड़ कर कैसे आ सकती हूँ?"

"क्यूँ, कोई अरजेंसी होगी तो भी नहीं।"

"तो बतलाओ न, क्या आफत आ गई है...?"

मनोज ने फोन काट दिया। कुछ देर के इंतजार के बाद जब मैंने फोन मिलाया तो उसका फोन स्विच आफ था। घंटों मैं संपर्क करने की कोशिश करती रही पर नाकामयाब रही।

मैं परेशान और पसोपेश में थी। आखिर ऐसा हुआ क्या...? सब तरफ दिमाग दौड़ाया पर कोई बात ही नहीं सूझी। घर या बच्चों की कोई बात होती तो मनोज को बतलाने में क्या दिक्कत थी। फिर मनोज का यह अप्रत्याशित आक्रोशभरा आचरण...! स्वर की चिड़चिड़ाहट और शब्दों से फूटता क्रोध...!

मेरे दिमाग ने काम करना बंद कर दिया। समझ ही नहीं आया कि क्या करूँ। बिना किसी पुष्ट कारण के टूर को बीच में छोड़ना निहायत गैरजिम्मेवाराना था। दूसरी टीचर बिल्कुल नई थी और खुद मेरे भरोसे आई थी।

उस दिन तो मैं थकान के बहाने कमरे से बाहर ही नहीं निकली। पर उसके बाद भी मैं न मानसिक रूप से ग्रुप के साथ रह सकी और न ही शारीरिक तौर से वहाँ से अनुपस्थित हो पाई।

वे तीन दिन असह्य यातना भरे थे। मनोज से बात करने की सारी कोशिशें निष्फल रहीं। उसका फोन या तो स्विच आफ आता अथवा वह तुरंत काट देता। मैंने पड़ोस में शर्माजी के यहाँ फोन करके इतना अवश्य जान लिया था कि मनोज और बच्चे वहीं थे। आगे कुछ पूछने का सवाल ही नहीं था।

रात-दिन न जाने क्या-क्या सोचती रहती मैं। अपनी पूरी जिंदगी ही खँगाल डाली मैंने—घर के अंदर और बाहर...। सभी घटनाओं के बारे में देर तक सोचती रही। घर में आने-जाने वालों की भी दिमागी पड़ताल कर ली मैंने। फिर अचानक?

मैं बड़ी चिड़चिड़ी हो चली थी। कोई कुछ पूछ-लेता तो उस पर उबल पड़ती। फिर दुखी होती, गहरे अवसाद में डूबी रहती। सोचा था कि वापसी पर मनोज को सबक जरूर सिखाना है।

लौटने पर मनोज एकाएक बड़ा आक्रामक हो गया था।

"ये सब क्या है...?"

उसने मेरी डायरी के पन्ने खोल कर पूछा।

मैं अचरज से कभी डायरी और कभी मनोज को देखती रही। एकाएक मुझे कुछ समझ ही नहीं आ रहा था कि डायरी के पन्ने दिखा कर मनोज क्या पूछना चाहता है।

"बोलती क्यूँ नहीं...?" मनोज की आँखों से अंगारे फूटने लगे, "किसके बारे में लिखा है ये सब...?"

"क्या लिखा है, मैं समझी नहीं...।"

"ज्यादा भोली मत बन...। तेरी ही डायरी है न, तेरी ही हेंडराइटिंग में...। इसमें इश्क और मुहब्बत की जो दास्तान लिखी है, उसके बारे में पूछ रहा हूँ।"

"पागल हुए हो...। क्या बोल रहे हो, जानते हो।"

"फिर ये तन्हाइयों और मिलने-जुलने की बातें, ये सब क्या है...।"

"कुछ भी तो नहीं...। ऐसा सोच भी कैसे लिया तुमने...।" मैंने अपने को संयत रखने की कोशिश करते हुए कहा, "ये तो इधर-उधर पढ़े कुछ उद्धरणों को डायरी में यूँ ही नोट कर लिया है। इन्हें पढ़कर तुम इतना अपसेट हुए हो...?" मेरे चेहरे पर हल्की-सी मुस्कान आ गई।

"साली, मुझे बेवकूफ समझती है...।" एक तेज चाँटा मनोज ने मेरे गालों पर जड़ दिया।

मेरा सर झनझना उठा। अंदर तक हिल गई मैं। समझ ही नहीं आया कि कैसे रियेक्ट करूँ। ये सब इतना अप्रत्याशित था। मैं इसके लिए तैयार ही कहाँ

थी। आज तक मनोज क्या किसी ने मुझ पर हाथ नहीं उठाया था। बचपन से मैं घर की लाड़ली रही थी। पापा तो पापा, मम्मी भी कभी डाँट डपट से आगे नहीं बढ़ी थीं। मैं सन्न रह गई। कुछ पलों के लिए मैं जड़ हो गई। फिर वहीं फर्श पर ढह गई। तत्काल न मुझे रोना आया और न ही मेरे मुँह से कोई शब्द निकला। मुझे लगा जैसे पहाड़ से किसी ने मुझे नीचे ढकेल दिया है और मेरा क्षत-विक्षत शरीर दर्द और पीड़ा से बुरी तरह कराह रहा है।

मैं गहरे सदमे में थी, निश्चल और ठस्स...।

"चुप रह कर नहीं बच सकती...।" मनोज ने मेरे बाल पकड़ लिए, "सच-सच बतलाना होगा कि यह कौन है।"

अब पीड़ा असहनीय थी। मैं बिलख-बिलख कर रोने लगी। मनोज पर इसका कोई असर नहीं हुआ। वह मेरे बदन को झिंझोड़ रहा था और बदहवास-सा चीख रहा था।

"बेहया औरत, मेरे साथ इतना बड़ा धोखा...।"

"मैंने कोई धोखा नहीं किया है...।" गहरी हिचकियों के बीच बमुश्किल टूटे स्वर में मैंने कहा।

"इसलिए टूर पर गई थी रंगरेलियाँ मनाने...।"

वह पूरी ताकत से चिल्ला रहा था। लगता था कि पागलपन का दौरा उस पर आ गया है। उसका चेहरा विकृत और भयावह हो चला था। आँखों में पशुता की खूँखार थी। होंठों की कोरों से लार बह रही थी। हाथों में अजीब-सी ऐंठन नजर आती थी।

मनोज का यह रूप मेरे लिए सर्वथा अपरिचित और भयानक था। मुझे लगा एक भीषण झंझावात में घिर गई हूँ मैं। आँधी के तेज थपेड़े मेरे पूरे बदन को जैसे छलनी कर रहे थे। मैं उठने का प्रयास करती और आघात से पीछे धकेल दी जाती।

बाहर की कालबेल बजी। पड़ोस के शर्मा जी आ गए थे। बिना कुछ दरयाफ्त किए वह मनोज को अपने संग ले कर चले गए।

मैं देर तक रोती-बिलखती रही थी। डायरी मेरी आँखों के सामने पड़ी थी। मैंने इधर-उधर निगाह दौड़ाई। अलमारी से मेरे कपड़े बिखरे पड़े थे। मेरी अटैचियाँ और बक्से खुले थे। बड़े जतन से जमा की मेरी पुस्तकें फर्श पर बिखरी पड़ी थीं। ऐसा लगा जैसे पूरे घर की पुलिसिया तलाशी ली गई है।

मैं निस्तब्ध थी। जीवन में आए इस विध्वंसक बदलाव पर सन्न रह गई

थी। मनोज का पाश्विक व्यवहार, उसके अंदर जमा घृणा और तिलमिलाते शब्द मेरे अंतरंग में जहर की मानिंद घुल रहे थे। मुझे लगा कि मेरे जीवन का अंत आ गया है। छत से कूदने का मन हुआ मेरा पर स्कूल गए दोनों बच्चों की सामने लगी तस्वीरें मुझे शक्तिहीन कर गईं।

मुझे अपने से नफरत होने लगी। अपने पूरे वजूद में रिसते घावों को महसूस कर मुझे बू सी आ रही थी। कोई आदमी दूसरे को इतना नीचे कैसे गिरा सकता है और कोई इस कदर नीचे गिर कर कैसे जीवित रह सकता है। अपने पर थूकने का मन हुआ मेरा।

किंतु मैं जड़ व निर्जीव सी यूँ ही फर्श पर पड़ी रही। ऐसा लगा जैसे मुझे कोई निचोड़ रहा है। शायद यही मेरा अंत होगा...।

काश यह सच होता...!

वह बिस्तर पर आकर लेट गया है—दीवार की ओर करवट लिए। मुड़ा हुआ हाथ सर के नीचे तकिए की तरह दबा है। उसने आँखें बंद कर ली हैं। सोने की कोशिश भी की है। पर नींद तो जैसे जिंदगी की तरह निर्मम और बेलौस हो गई है। रोज रात को इसी तरह छकाती रहती है। अँधेरे से जैसे बैर मोल ले लिया है उसने। नतीजतन पूरे दिन सुस्ती और ऊँघ उस पर हावी रहती है।

उसकी आँखें जलने लगी हैं। बंद आँखों में अजीब-सी आकृतियाँ तैर रही हैं—धुँधली और मायावी सी...। वह उन्हें पहचानने की कोशिश करता है। इतना साफ है उसमें एक पुरुष और दूसरी स्त्री की है। दोनों निर्वस्त्र हैं...। वह आँखें गड़ा कर देखता है। औरत की पहचान धीरे-धीरे उभर रही है। ...वही आँखें, वही होंठ, भरी-भरी छातियाँ, पेट पर हल्के निशान और सुडौल जाँघें...। शर्तिया स्नेह है वह...। पर पुरुष...?

कुछ नजर नहीं आता उसे। वह जोर से आँखें मसलकर चेहरा पहचानने की कोशिश करता है। पर वह आकृति पास आकर एकाएक दूर छिटक जाती है और एक छाया में तब्दील हो जाती है। उसकी मुट्ठियाँ कस जाती हैं। अपने बालों को नोचने लगा है वह।

वह उठ बैठा है। पलंग के सिरहाने तकिया टिकाकर बैठ गया है। घड़ी की टिकटिक कमरे की निस्तब्धता भंग कर रही है। उसे लगा जैसे उसके सिर के अंदर नगाड़े बज रहे हैं। उसका माथा फटा जा रहा है। मन में आया कि कोई

चीज घड़ी पर दे मारे जिससे इस कोलाहल से मुक्ति मिले। दोनों हाथों से उसने अपना सिर पकड़ लिया है।

चार बज चुके हैं। स्नेह फिर नींद में डूबी महसूस होती है। नफरत का ज्वार उसके अंदर उठ खड़ा हुआ है। स्नेह की संवेदनशून्यता उसे अंदर तक झकझोर रही है।

...इस घिनौने खेल से कैसे अनजान रह सका मैं...।

एक चुनौती सी सामने खड़ी महसूस होती है उसे। अपने अस्तित्व और अस्मिता की ललकार...।

एक-एक कर न जाने कितने चेहरे उसकी आँखों में कौंधते हैं।...सहपाठी नितीश, सहकर्मी आनंद और स्नेह का सहयोगी मलय...। फिर साहित्य की दुनिया में भी तो पैठ बनाने की कोशिश की है उसने। स्थानीय कवि गोष्ठियों में शिरकत..., कुछ कविताओं का इधर-उधर प्रकाशन...और तमाम तरह के बदलाव...।

"मेरा मन करता है कि मैं भी जींस पहन कर घूमूँ।" एक दिन स्नेह ने कहा था।

"मैं अपने बाल काट लूँ...? सब कहते हैं मैं बहुत स्मार्ट लगूँगी।"

...वो सब कौन हैं..., आज उसके मन में आता है।

...फोन पर देर-देर तक बातें...मोबाइल पर बात करते हुए इधर-उधर हटने की कोशिश...।

टूर से लौटने के दूसरे दिन ही मनोज ने उसका मोबाइल छीन लिया था। स्नेह सदमे से उबरी ही कहाँ थी कि प्रतिरोध का साहस कर पाती। जीवन में आए इस घातक मोड़ पर अभी सम्हल ही कहाँ पाई थी। उसका पूरा वजूद जैसे लड़खड़ा गया था। उसकी संवेदनाएँ मर चुकी थीं। जीता जागता मांस का लोथड़ा बन गई थी वो।

घर में नए-नए नियम लागू कर दिए गए थे, मसलन फोन रिसीव करने पर पाबंदी, कहीं फोन करने से पहले इजाजत..., स्कूटर चलाने की मनाही और किसी के घर अथवा किसी भी कार्यक्रम में जाने पर सख्त प्रतिबंध...।

मनोज ने उसके फोन की काल डिटेल्स भी प्राप्त कीं पर उनसे उसे अपनी यंत्रणा से मुक्ति नहीं मिली। छटपटाकर वह अपना सवाल दोहराने लगता, "सच सच बतला दे, कौन है वह...?"

पूछते-पूछते वह हिंसा पर उतर आता, कभी हाथ मरोड़ देता, कभी बाल खींचने लगता तो कभी गला पकड़ लेता।

बच्चों के स्कूल जाने के बाद अक्सर यह दृश्य उपस्थित हो जाता। घर पर कलह का साया मँडराने लगता। स्नेह अपने को अलग कमरे में बंद कर लेती। मनोज इधर-उधर चीजें फेंकने लगता। हर बार ऐसा लगता कि आज जीवन का आखिरी दिन है। बंद कमरे में किसी अनहोनी आशंका से जूझती रहती वह। कुछ देर बाद जब मरघटी सन्नाटा वहाँ पसर जाता तो दोनों खाली पेट अपने- अपने काम पर निकल जाते। शाम को लौटते तो अजनबी बन जाते। कुछ दिनों संवादहीनता बनी रहती। शायद दोनों ही इससे राहत महसूस करते। एक ओढ़ी हुई बेरुखी ढोकर एक-दूसरे की पहल का इंतजार करते रहते। एकाएक किसी रात मनोज उसके पास चला आता, अपनी भूख मिटाता और फिर कुछ ही देर में वही प्रश्न, "मुझे सच-सच बतला दो वरना...।"

...क्या बतलाऊँ मैं...?

...क्या है मेरे पास बतलाने को...?

...सिर्फ सपने...?

...सपने और महज सपने...?

...ख्वाब देखना कोई जुर्म है क्या...?

...प्यार और रोमांच का स्वप्निल संसार कौन नहीं बुनता, जिंदगी की खुशियों और भरपूरी के बावजूद...!

...अनजानी चाहनाओं की मरीचिका किसको नहीं भटकाती...?

...इंद्रधनुषी आकांक्षाएँ किसको नहीं लुभातीं...?

...कौन दूसरों को आकर्षित नहीं करना चाहता...?

...कौन नहीं चाहता कि मेरे रूप रंग, साज सज्जा, प्रतिभा और उपलब्धियों की सराहना की जाए...?

...गर पैर जमीन पर जमे रहें तो इस बेमोल उल्लास से क्यूँ गुरेज करे कोई?

मेरा गुनाह इतना भर है कि मैंने अपने व्यक्तित्व को विकसित करने का ख्वाब पाला है। जिंदगी को बेहतर और अर्थपूर्ण बनाने की कोशिश में कुछ कदम उठाए हैं। अपने वजूद को महसूस करने और कराने के लिए अपनी दुनिया का विस्तार किया है..., पुरुषों की उस दुनिया में जहाँ औरत दोयम है, घर की चारदीवारियों के अंदर माँ, बहन या बीवी और बाहर सिर्फ देह...!

नितीश, आनंद या मलय अथवा न जाने ऐसे कितने..., अपने प्रति उनका

झुकाव महसूस किया है मैंने। मेरा अध्यापन, मेरी बुद्धिमत्ता या मेरी कविताएँ और ऐसे ही न जाने कितने बहाने...। फिर बातचीत का लंबा सिलसिला...। घर आना-जाना, डिनर या पिक्चर के लिए निमंत्रण भले ही मनोज के साथ...। इंच-दर-इंच उनके बढ़ते कदमों से भले ही मैं अनजान दिखूँ पर बेखबर नहीं थी, पूरी चौकन्नी थी।

मैं सहज दिखने की कोशिश करती थी। पर अंदर ख्वाब अवश्य पलते थे। दोस्ती का अहसास कहीं रोमांच जरूर पैदा करता था। एक अच्छे दोस्त की ख्वाहिश सुखद प्रतीत होती थी हालाँकि इसके खतरों से अनभिज्ञ नहीं थी मैं। मनोज को अक्सर कहते सुना था कि स्त्री-पुरुष मित्रता बिस्तर पर ही जाकर पूर्ण होती है। मैं इसका अपवाद बनना चाहती थी। दोस्ती में देह की मौजूदगी को नकारना चाहती थी।

पर इस घटना, बल्कि दुघर्टना ने मुझे नया पाठ सिखलाया है। जिंदगी का सारा जुनून जैसे मर रहा है। मेरे अंदर सब स्खलित हो रहा है। न किसी से बात करने की मुझे इजाजत है और सच तो यह है कि न मेरा मन ही चाहता है। कालोनी और कालिज में भी हमारे घर के कलह की खबरें पहुँच गई हैं। रही-सही कसर उस दिन पूरी हो गई जब मनोज एक दिन मेरे कालिज आकर मेरी अलमारी देखने की माँग करने लगा। मुझे लगा मुझे अपने व्यक्तित्व और निजत्व की कहीं तो रक्षा करनी चाहिए। अपने अस्तित्व और अस्मिता को कहीं तो बचाए रखना होगा।

मैं अड़ गई। उसकी बात नहीं मानी। पहले धीमे और फिर तेज स्वर में मनोज चीखने लगा। मैं भी अपना आपा खो बैठी। जो मन में आया कहती गई। सहयोगियों को बीच-बचाव के लिए आना पड़ा। बमुश्किल मनोज वहाँ से जाने को राजी हुआ।

अगले एक सप्ताह के लिए मैं माँ के पास चली गई, मनोज को बिना बतलाए।

आज भी मनोज उन सात दिनों के क्या-क्या किस्से सुनाता है।

अब मैं प्रभावशून्य हूँ, जड़ व निर्जीव हूँ। अंदर लगातार कुछ क्षरण होने का अहसास होता है। ऐसा लगता है जैसे तिल तिल कहीं कुछ टूट रहा है। जिंदगी का सारा रस जैसे सूख गया है और ठूँठ की मानिंद मैं अपने वजूद को बचाए हुए हूँ...।

...आखिर क्यूँ...?

मनोज की नजर सोती हुई स्नेह पर पड़ी है। गोरी चिकनी बाँहें, पतली-पतली उँगलियों पर तराशे हुए नाखून। एकाएक उसका मन हुआ कि कसकर वह उन हाथों को थाम ले। उत्तेजना की एक लहर-सी महसूस की है उसने। वह खिसक कर स्नेह के पास चला आया है। कब उसका हाथ स्नेह की उँगलियों पर चलने लगा, उसे पता ही नहीं चला। बाँहों से गुजरते उसके हाथ स्नेह के बालों से खेलने लगे हैं।

स्नेह ने धीमे से आँखें खोल कर कसकर उन्हें भींच लिया है। उसके हाथों में हल्का सा कंपन हुआ है, होंठ फड़फड़ाए हैं और उसकी आँखों की कोरों में दो बूँदें जम गई हैं।

मनोज उसके और करीब आ गया है। अपनी बाँहें फैलाकर उसने स्नेह को जकड़ लिया है और अपने होंठ उसके होठों पर जड़ दिए हैं। वह उन्हें बेतहाशा चूम रहा है। उसके हाथ स्नेह की छातियों को बुरी तरह मसल रहे हैं। एकाएक मनोज बड़ा आक्रामक हो चला है। गाऊन को उसने नीचे तक चीर दिया है।

एक बदहवासी मनोज पर उतर आई है। पागलों की भाँति वह उसे रौंद रहा है। स्नेह बेबस सी महसूस कर रही है। सारी संवेदनाएँ जैसे कुचली जा रही हैं। बस चीरे जाने का अहसास मात्र शेष है।

स्खलित होकर वह एक तरफ ढह गया है। स्नेह की ओर देखे बिना वह उठा है, नंग-धड़ंग...। विवस्त्र स्नेह पर उसने अजीब-सी निगाह डाली है, वितृष्णा और हिकारत भरी...।

फिच्च से उसने वहीं फर्श पर थूक दिया है।

स्नेह अपनी उबकाई को किसी तरह जब्त किए रही है। फिर जोर-जोर से रोने लगी है।

क्यूँ लौट आती हैं चिड़ियाँ...

यह कितना सुखद है कि हर दिन की शुरुआत एक नई उम्मीद से होती है। हर सुबह उठने पर उन्हें सूरज की स्वर्णिम किरणों में एक नई आशा स्पंदित होती महसूस होती है। मंद-मंद बहती समीर से मन में एक नई ऊर्जा का संचार होता है। आकाश में तैरते परिंदे और कानों में रस घोलती चिड़ियों की चहचहाहट पूरे अंतरंग को जगमगा जाते हैं। हृदय उत्साह और पुलक से सराबोर अनुभव करता है। लगता है जिंदगी में अभी कितना कुछ बाकी है, उम्र के झुटपुटे के बावजूद...।

पता नहीं यह कोरी कल्पना है या कड़ुवा सच, चुँधियाता विभ्रम है या खुरदरा यथार्थ। जो भी हो, बहरहाल वह इस सुखद अहसास से अपने को वंचित नहीं करना चाहते। कल्पनाएँ और उत्कट आकांक्षाएँ ही तो जीवन को गति प्रदान करती हैं। छायाओं और प्रतिच्छायाओं के बिना मूर्त का भला क्या महत्त्व? लगातार उनकी खोज ही तो मनुष्य को जीवन में उद्‌देश्य और तुष्टि प्रदान करते हैं, लक्ष्य और उसके संघर्ष को अर्थवत्ता देते हैं।

रोजमर्रा की तरह अपने लान में आधे घंटे नंगे पैर घूमने के बाद वह अंदर आकर गैस पर चाय का पानी चढ़ा देते हैं। दिन के चौबीस घंटों में किचिन से उनका इतना भर साबका है। यह सब कैसे और कब शुरू हुआ, उन्हें याद नहीं। शायद प्यार की शुरुआत अब फर्ज में तरमीम हो चुकी है। दाम्पत्य इसी का दूसरा नाम नहीं है क्या...? कर्तव्य बोध उसके पहियों में लुब्रिकेंट की तरह प्रभावी होता है।

"बैडटी रेडी...। गुड मार्निंग डियर...।"

एक छोटी ट्रे में दो मग लिये उन्होंने बैडरूम में आकर आरती को जगाया है।

जगी तो आरती पहले से ही रहती है पर अधखुली आँखों से वह बिस्तर

छोड़ने से पहले इसी की प्रतीक्षा करती है। चाहकर भी वह अपने को इस विरल सुख से वंचित नहीं करना चाहती। पति-पत्नी के बीच ये छोटे-छोटे सुख कितने अहम हैं। इन्हीं मीठे पलों से उनके रिश्ते में सदाशयता और कोमल अहसास भर जाता है।

पिछले कई सालों से यह क्रम अनवरत जारी है। बच्चे जब छोटे थे और सुबहोसुबह उनके स्कूल की आपाधापी मची रहती थी तभी शायद काम बाँटने के मकसद से अरविंद ने सुबह की चाय बनाने का जिम्मा अपने हाथों में लिया था। आरती बच्चों के लंच बाक्स की फरमायशों से जूझती रहती और अरविंद आरती की चाय ढक कर अपनी चाय सुड़कते रहते। अक्सर अपनी चाय आरती को दुबारा गर्म करनी पड़ती। इस पर ताने मारने से भी वह नहीं चूकती। पर पति द्वारा तैयार की जाने वाली चाय का मीठापन और उससे भी ज्यादा मीठा अहसास उसके अंदर हमेशा बना रहता।

शौचादि से निवृत्त होकर अरविंद बरामदे में आकर अखबारों में डूब गए हैं। एक वक्त था जब अखबार पढ़ने के लिए समय निकालना मुश्किल होता था। उन दिनों तो अक्सर हेडिंग पढ़कर ही काम चलाना पड़ता था उन्हें। सुबह का वक्त जैसे पलक झपकते ही बीत जाता था और ऑफिस जाने की तैयारी शुरू हो जाती थी। अब शब्द-दर-शब्द बाँचने पर भी लगता है कि काश यहाँ भी विदेशों की तरह साठ-सत्तर पेज के अखबार होते। अब अखबार खत्म होने पर एक खालीपन का अहसास होता है एकाएक समझ ही नहीं आता कि दिन का लंबा वक्त अब किसके सहारे कटेगा। कई बार सोचा कि दो के बजाय एक अखबार मँगायें पर शहर की लूट, बलात्कार, चोरी, अपहरण और राजनीतिक व सांस्कृतिक सरगर्मियों के लिए स्थानीय अखबार पढ़ना जरूरी लगता है उन्हें। फिर वक्त गुजारने का अच्छा जरिया हैं ये अखबार...।

उधर आरती नहा-धोकर पूजा में खासा समय गुजारती है, कमोबेश उतना ही जितना अरविंद अखबार पढ़ने में। सुबह का वक्त काटने के दोनों के अपने-अपने ढंग हैं। शायद दोनों में एक गुप्त किस्म की होड़ भी है, कौन अपने काम में ज्यादा वक्त गुजार ले।

अखबार पढ़ने के बाद अरविंद नहाने चले गए हैं। यही आरती के नाश्ता तैयार करने का समय है। हालाँकि उसके लिए कोई खास तैयारी की अब जरूरत नहीं है। घर में जब बच्चे थे तो छुट्टियों के दिन का नाश्ता बहुत स्पेशल होता था—हलुवा, ब्रेड पकौड़ा या जलेबी और खस्ता...। अब तो रोज ही छुट्टी है और

कभी-कभार ये सब खाने का जी भी चाहता है। पर सौ ग्राम जलेबी और दो खस्ता लाने के लिए बाजार जाने का मन नहीं करता। आरती को भी आधी मुट्ठी सूजी भूनने में बहुत आलस आता है–'कड़ाही में हाथ ही नहीं चलता। बच्चों की याद और आने लगती है।' आरती का कहना है। इसलिए अब नाश्ते के नाम पर अंकुरित चने, दो टोस्ट और एक गिलास दूध है।

नाश्ते के बाद पूरा दिन मुँह बाए खड़ा सामने ललकारता रहता है। हर दिन के लिए नई कवायद ईजाद करनी पड़ती है। कभी टीवी, कभी पुराने कागज- पत्तर तो कभी घर की साज सफाई। एकाध दिन अपने पुराने दफ्तर में जाकर पुराने सहयोगियों से गप्पबाजी में भी कट जाता है। हालाँकि कभी-कभी वहाँ अजनबियत का अहसास भी कचोटता है। नए लोग बेगानी-सी नजरों से देखकर उन्हें फालतू होने का अहसास कराते हैं। कदम वापस घर की ओर बढ़ जाते हैं और खाली घर उन्हें चुभती उदासी के साथ बड़ा बेबस-सा खड़ा नजर आता है। बस तब याद आते हैं अपने बच्चे..., बच्चे जो इसे भरा-भरा रखते थे, बच्चे जिनसे इसके चेहरे पर अजब-सा उत्साह और पुलक थिरकता था, एक सुखद आमंत्रण-सा देता...। कई बार मन में यह भी मलाल होता है कि अमरीका और भारत के वक्त में फर्क क्यों है। तभी न मनु से बात या चैट करने के लिए अक्सर रात की नींद खराब करनी पड़ती है। वैसे भी उसके पास अपना कंप्यूटर नहीं है। इसलिए चैटिंग ऑफिस से ही करता है वह यानी भारतीय समयानुसार रात दस बजे से सुबह पाँच-छह बजे तक...।

मिनी चेन्नई में है, आई बी एम में साफ्टवेयर इंजीनियर...। उसका पति बंगलौर में एक मल्टीनेशनल में है। उनके विवाह को दो साल पूरे होने जा रहे हैं। तमाम कोशिशों के बावजूद वे एक स्थान पर अपनी नौकरियों का समायोजन नहीं कर सके हैं। नतीजतन उन्हें लेकर मन में हर वक्त चिंता बनी रहती है। दोनों सुबह आठ बजे घर से निकलकर रात्रि नौ-साढ़े नौ बजे लौटते हैं। न कोई तीज, न त्योहार...। जब कभी अवकाश मिलता है तो एक-दूसरे से मिलने चले जाते हैं। बस इसके बाद उनके पास कहीं और जाने का वक्त ही कहाँ है। शादी के बाद बमुश्किल दो बार यहाँ आ पाए हैं वो भी दो-एक दिन के लिए। जो छुट्टी मिलती है उसे दो हिस्से में बाँटना पड़ती है–ससुराल और घर। दोनों में पूरा तालमेल बैठा कर चलते हैं वे दोनों। अरविंद को लगता है कि इस माने में ये लोग हमारी पीढ़ी से कहीं अधिक समझदार और व्यावहारिक हैं।

खाली घर, खाली वक्त और खाली बरामदा...।

अरविंद के लिए इन तीनों में जबरदस्त मेल है। बरामदे में बैठकर उनकी नजरें बरबस नीम के बड़े पेड़ पर बने घोंसले पर टिकी रहती हैं। टहनियों पर फुदकती चिड़ियाँ बार-बार अंदर जाकर फुर्र हो जाती हैं। फिर लौट-लौट कर वहाँ आ जाती हैं। समूचा दृश्य अजब-सी सुखद प्रतीति कराता है उन्हें।

क्या मिनी और मनु को अपने इस घर की याद नहीं आती होगी...घर जहाँ उनका जन्म हुआ, जिसके फर्श पर घिसट घिसट कर उन्होंने चलना सीखा, जो बचपन की सारी शरारतों का गवाह बना और जिसने उनके किशोरावस्था के तमाम सपनों को आकार दिया...।

पचास साल से भी ज्यादा पुराना साथ है इस घर से। पचास साल यानी आधी सदी..., आदमी की आधी उम्र से भी ज्यादा। यहाँ के दर-दरवाजे, चौखटे-सींखचे, दीवारें-खिड़कियाँ, कमरे-किचिन, आँगन-बरामदा, छत-फर्श, उन पर उगे धब्बे और जाले सब कुछ कितने आत्मीय लगते हैं—आपके वजूद का हिस्सा जैसे। प्रत्येक स्थान से जुड़ी यादें अरविंद के जहन में फोटो के मानिंद जड़ी महसूस होती हैं। लगता है सब कल ही की तो बात है। पर जब स्मृति के पन्न उलटते हैं तो महसूस होता है कि कितना वक्त गुजर गया। एक-एक कर बाबा, अम्मा और बाऊजी का चले जाना और आरती, मिनी और मनु का इस घर और यहाँ की दुनिया में प्रवेश...। लगता है जैसे एक चक्र मिलन बिंदु की ओर अग्रसर है। जीवन इसी चक्र में घूमने का नाम ही तो है। बहुत दूर जाने पर अचानक हमें यह अहसास होता है कि अरे हम तो प्रस्थान बिंदु पर ही खड़े हैं। तब सारा सफर बड़ा बेमानी नहीं लगने लगता? अपना सारा संघर्ष, आकांक्षाओं और अभिलाषाओं से जूझती जिंदगी, तमाम सफलताएँ और असफलताएँ, उपलब्धियाँ और हताशाएँ एक व्यर्थता बोध का अहसास नहीं कराती हैं। सभी संगी-साथी कारवाँ में जुड़-जुड़ कर किस पल जुदा हो जाते हैं, पता ही नहीं चलता और आप अपने को नितांत अकेला खड़ा पाते हैं।

पुरानी स्मृतियाँ आदमी के अंतर्मन को कितना सहेजती हैं। आपका मन उनसे कितना भरा-भरा महसूस होता है ठीक उसी तरह जैसे किसी समय यह घर था। बाबा, अम्मा, बाऊजी, भइया, गुड़िया और वह यानी अरविंद...। भइया इंजीनियरिंग पढ़ने हॉस्टल क्या गए कि बाहर के ही हो गए। छोटी बहन गुड़िया को तो दूसरे घर जाना ही था। बाबा, अम्मा और बाऊजी ने भी ज्यादा दिन साथ नहीं दिया हालाँकि तब तक आरती और फिर मिनी और मनु आ चुके थे। छोटे बच्चे तो वैसे भी घर को भरा पूरा रखते हैं। उनकी किलकारियाँ और फिर बड़े होने पर अतिशय

सक्रियता बड़े से बड़े घर में भी स्थानाभाव पैदा कर देते हैं। घर के हर कोने में उनकी अनगूँज बनी रहती है। उनकी अदममौजूदगी में भी उनकी उपस्थिति का अहसास बना रहता है। काम-दर-काम, काम से निकलते काम और काम के खत्म होते काम...।

बैडटी बनाना वैसा ही काम था। आज उसके बाद कोई काम ही नजर नहीं आता है। बच्चे छोटे थे तो दोनों को स्कूल छोड़ने जाना पड़ता था। मिनी को तो आठवीं तक छोड़ने जाते रहा वह। मनु अवश्य पाँचवीं के बाद साइकिल से स्कूल जाने लगा था। उसका स्कूल भी पास में था। तमाम जिद के बावजूद मिनी को आरती ने साइकिल पर स्कूल जाने की इजाजत नहीं दी। नवीं क्लास से वह अन्य लड़कियों के साथ रिक्शे से स्कूल जाने लगी।

सुबह का वक्त कैसे गुजरता, पता ही नहीं चलता। ऑफिस जाने तक अरविंद क्या आरती तक को एक पल की फुर्सत नहीं मिलती। बच्चों के जाने के बाद पूजा और फिर अरविंद के लंच बॉक्स की तैयारी...। अरविंद भले ही कुछ न कहे पर उसके लंच बॉक्स को लेकर आरती कम तनावग्रस्त नहीं रहती थी। अरविंद के ऑफिस से लौटने पर चैक करती कि पूरा खाना खत्म किया है कि नहीं। खाने के बारे में अरविंद की राय भी पूछती रहती। इस पर मिनी एकाध बार चिढ़ कर कहने लगती, ''हमसे कभी नहीं पूछती कि खाना कैसा लगा?'' तो आरती समझाती उसे, ''इसलिए कि तुम्हारा लंच बॉक्स तो तुम्हारी पंसद से ही बनता है और पापा का खाना मैं अपनी पसंद से तैयार करके रखती हूँ।'' हालाँकि उसका यह कथन पूरी तरह सच नहीं था। हर पत्नी की तरह उसे अरविंद की पसंद-नापसंद का पूरा आभास था।

एक कमरे से दूसरे और फिर तीसरे कमरे में चक्कर लगाना अच्छा लगता है उन्हें। हर कमरा पूरी तरह सुसज्जित है। दोनों बैडरूम में डबल बैड, साइड स्टूल, ड्रेसिंग टेबिल और टी.वी. रखे हैं। मनु के कमरे में म्यूजिक सिस्टम, डीवीडी प्लेयर और बुक शेल्फ भी लगा है जिस पर अंग्रेजी के पचासेक उपन्यास करीने से सजे हैं। उन्हें देखकर कोई भी अंदाजा लगा सकता है कि पिछले कई सालों से वे अनछुए हैं। म्यूजिक सिस्टम और डीवीडी प्लेयर पर कपड़े के कवर चढ़े हैं क्योंकि मनोरंजन की हमारी सारी जरूरतें लगभग बीस साल पुराना फिलिप्स का ट्रांजिस्टर और एक अदद टी.वी. पूरा करते हैं।

साल में एक बार मनु का आना होता है वो भी दस-पंद्रह दिन के लिए। तीन-चार दिन यात्रा में और दो-चार दिन मिनी के पास रहने में बीत जाते हैं।

इस तरह बीस दिन का अवकाश बीतते पता ही नहीं चलता। यहाँ पर उसका ज्यादातर वक्त हमारे और एकाध बचे मित्रों के बीच गुजरता है। अब उसकी रुचि न यहाँ के टी.वी. चैनल्स में है और न ही 'ऑब्सीलिट म्यूजिक सिस्टम' में। नतीजतन बंद डिब्बा बन कर रह गया है हमार म्यूजिक सिस्टम जिसे मनु ने कितनी जिद और आरती से मनुहार के बाद खरीदा था। कुछ ऐसा ही हाल उसके स्कूटर का भी है। मनु और आरती ने इसे बेचने के लिए कितनी बार कहा पर एक तो उससे भावनात्मक जुड़ाव और फिर एक नई साइकिल जितनी कीमत मिलना...।

सब कुछ घर में होने के बावजूद घर कितना खाली महसूस होता है, गतिहीन, जड़...। लगता ही नहीं कि इसमें कोई जीवन भी है। फर्नीचर और साजो सामान से भरे कमरे अजीब-सी मनहूस रिक्तता का आभास देते हैं। इन कमरों से गुजरना मानों एक सुनसान बियाबान से गुजरना जैसा लगता है जहाँ दूर तक शून्यता पसरी नजर आती है। थोड़ी बहुत जीवंतता शेष है तो बस उनके बेडरूम में जहाँ टी. वी. प्रायः चालू रहता है–जिंदगी का अहसास कराता...। कई बार तो टी.वी. चालू रहते ही वे दोनों सो भी जाते हैं। अचानक उठ कर फिर टी.वी. के कार्यक्रम पर नजरें गड़ा देते हैं।

कुछ देर अंदर बैठकर अरविंद फिर बरामदे में आकर बैठ गए हैं। अब आरती भी रोजमर्रा की तरह उनके पास आकर बैठ गई है। यह क्रम दिन में न जाने कितनी बार चलता है। कभी आरती बरामदे में आकर अरविंद के पास बैठ जाती है और कभी अरविंद अंदर जाकर पत्नी का साथ देते हैं। बरामदे में सामने लगे पौधों को वे देर तक निहारते रहते हैं। खिल रहे फूलों पर मुग्ध अनुभव करते हैं। "लगता है आजकल पौधों को ठीक तरह पानी नहीं दे रहे हो। आजकल तो गुलाब बहुत अच्छा खिलना चाहिए।"

"मैडम, तुम जानती हो सुबह उठने पर पहला काम यही करता हूँ मैं।"

"शाम को मैं भी तो पानी लगाती हूँ।"

"फिर अपने को दोष क्यूँ नहीं दे रहीं?"

आरती हँस दी है। अरविंद ने भी मुस्कराकर चुप्पी थाम ली है। वे जानते हैं कि इस तरह के संवाद का कोई खास अर्थ नहीं है। पर अब ऐसे ही विषय तो उनके बीच बचे हैं वरना तो रात-दिन बच्चों के बारे में ही चर्चा होती रहती है जो बहुत जल्दी चिंता में तब्दील हो जाती है।

कुछ देर खामोश रहकर आरती ने कहा है, "चलकर नर्सरी से कुछ और पौधे लाएँ। अब इन्हीं को पाल कर तो अपना वक्त गुजारना है। अच्छी तरह खिलते

हैं तो मन खुश हो जाता है। मुझे तो इनमें मनु और मिनी की झलक नजर आने लगती है। इसलिए मुरझाए हुए फूल देखना अच्छा नहीं लगता। अजीब-सा डर लगने लगता है।''

आरती का स्वर लरजने लगा है। फूलों से हट कर उसकी नजरें कहीं शून्य में खो गई हैं। चेहरे पर दर्द की काली परछाईं छा गई है।

अरविंद अंदर तक असहज महसूस कर रहा है। उसी पीड़ा का दंश उसे भी तो चुभता महसूस होता है। पहले ऐसे प्रसंग आने पर अरविंद उसे समझाने लगता था पर अब वह स्वयं बड़ा कमजोर हो जाता है, इसलिए चुप रहकर प्रसंग बदलना ही बेहतर समझता है।

एकाएक चिड़ियों का कलरव उनके कानों में पड़ता है। अजब-सा संगीत है उसमें। छत की मुँडेर पर बैठी चिड़िया मकान की चारदीवारी पर बैठी चिड़िया से पता नहीं क्या कहना चाहती है। एक आत्मीय आग्रह का आभास उसमें होता है। दोनों बारी-बारी से अपनी बात कह रही हैं जिसमें एक ओर शिकवे हैं तो दूसरी ओर मनुहार। अरविंद और आरती उसमें खो जाते हैं। कभी यह गूँज उन्हें इस घर में भी सुनाई पड़ती थी। इसी तरह के शिकवे शिकायतों से लेकर खासी मारपीट। मिनी बड़े होने का अधिकार जताती तो मनु लड़कों वाली शक्ति से उसे परास्त करने की कोशिश में लगे रहता। स्कूल से आने पर ही मुकदमेबाजी शुरू हो जाती। पहले आरती उसे सुलझाने की कोशिश करती और अधिकतर मामलों में सफल भी हो जाती वरना शाम को अरविंद के ऑफिस से लौटने पर मुकदमा उसके समक्ष पेश किया जाता। दिक्कत यह थी कि मिनी का विश्वास पापा के न्याय में था और मनु को सिर्फ मम्मी पर ही यकीन था। भाई बहन के बीच प्यार का कोई रिश्ता भी होता है, उन्हें देख कर लगता ही नहीं था। कभी किसी फिल्म या टी.वी. सीरियल में भाई बहन के प्यार का भावनात्मक दृश्य आ जाता तो मनु उसे देखकर हँसने लगता और मिनी की आँखों में आँसू फूट पड़ते। तब मनु उसकी और खिल्ली उड़ाता और झगड़े का सूत्रपात हो जाता।

दोनों फुदकते बच्चे कैसे दिन-ब-दिन बड़े हुए और फिर फुर्र...। अरविंद आरती जैसे अकेले थे, उन्हें वैसा ही अकेला छोड़ कर...।

आरती उठकर अंदर चली आई है और कुछ देर बाद अरविंद भी बैडरूम में आकर बैठ गए हैं। टी.वी. का बटन दबाया तो भारत-पाकिस्तान के बीच चल रहे क्रिकेट

मैच को देखने लगे। अब आरती भी इसमें रुचि लेने लगी है। अच्छा वक्त गुजरता है। मनु भी तो क्रिकेट के पीछे पागल रहता था और आरती लगातार उसे इसके लिए डपटती रहती थी। परीक्षाओं के दिनों में हो रहे मैच को लगातार कोसती रहती थी।

"मनु को अब यह देखने को कहाँ मिलता होगा?"

"उसको फुर्सत ही कहाँ है। सुबह सात बजे निकलकर रात में नौ-दस बजे तो लौटता है।"

"मनु से बात किए कई दिन हो गए।"

"मैंने तो परसों ही चैटिंग की थी।"

"मुझसे तो नहीं की जाती यह।"

"पर तुम पास में बैठी तो थीं। उसने बतलाया था कि आज उसने तुम्हारे सिखलाए छोले बनाए हैं। पूछा नहीं था कि मम्मी तुम्हारे छोले काले कैसे हो जाते हैं। उसके शायद पीले बने थे।"

मनु को छोले पसंद हैं। पिछली बार एक किलो काबुली चने साथ ले गया था।

"बिना बात किए मेरा मन नहीं भरता।" आरती यकायक गंभीर हो गई है, "कहाँ यहाँ हॉस्टल में रोज ही बात हो जाती थी और अब...।"

"तो जब मन करे बात कर लिया करो। तुम्हारी वजह से ही तो फोन में आईएसडी लगवाई है। मिनी से तो रोज ही बात हो जाती है।"

"वो भी न हो तो पागल ही हो जाऊँ।"

मिनी के बारे में और तरह की तमाम चिंताएँ उन्हें सताती हैं। पति से दूरी, खानपान की अव्यवस्था, देर तक ऑफिस में रहना और फिर रात में अकेले वापसी...। हालाँकि यही चिंताएँ तो उनका वक्त गुजारने का अच्छा जरिया हैं। अगर ये भी नहीं होतीं तो पता नहीं उन दोनों का समय कैसे बीतता।

वक्त और उम्र के साथ आदमी के सारे शौक खत्म हो जाते हैं। दो ही शौक रहे हैं आरती के। खाना बनाना और फिल्में देखना। फिल्में देखना तो बच्चों की जिम्मेवारी बढ़ने से खत्म हो गया और खाना बनाने का उत्साह बच्चों की अनुपस्थिति ने लील लिया। कई बार अच्छी फिल्म आने पर देखने का मन करता है पर ऐन वक्त पर कहीं उत्साह की कमी महसूस होती है। एक वो भी समय था जब फिल्म आने के दो-तीन दिन पहले ही उसे देखने की योजना बन जाती थी। अधिकतर फिल्में पहले ही दिन देखी जाती थीं। शायद जोश की कमी का एक कारण टी. वी. भी हो।

जब तक मनु घर पर रहा, खाना आरती के लिए दैनिक चुनौती था। मनु की पसंद का खाना बनाना अच्छी-भली कवायद थी। इसमें काफी सोच-विचार की जरूरत होती थी। लंच बॉक्स से लेकर डिनर तक के मैनू के लिए अच्छी-खासी दिमागी मशक्कत करनी पड़ती थी। खाना कायदे से डायनिंग टेबिल पर लगाया जाता था। मनु की टीका-टिप्पणी पर कान लगे रहते थे। कभी उन पर मुस्कराकर रह जाती तो कभी बुरी तरह उबल पड़ती। बस उसके हॉस्टल जाते ही डायनिंग टेबिल उजड़ गई। तबसे अक्सर बैडरूम में ही खाना खाया जाता है। अब दोपहर का खाना बनना भी कम हो गया है। किसी दिन ब्रंच तो किसी दिन खिचड़ी...। समय गुजारने का एक जरिया और फिसल गया है।

दोपहर में सोकर उठने के बाद वे रोज की तरह बाहर बरामदे में आकर बैठ गए हैं। रोज ही की तरह ट्रांजिस्टर पर एफ एम चला दिया है। शाम का झुटपुटा ढलते सूरज की लाल किरणों को अपने में लील रहा है। बुझते उजास से एक अजीब तरह का अवसाद उन्हें आ घेरता है। जाड़ों में चाय और गर्मियों में शिकंजी से उसे तोड़ने की कोशिश की जाती है। वापस लौटती चिड़ियों के झुंड अजब-सी हड़बड़ी का आभास करा रहे हैं। दिन भर के काम के बाद लौटने पर भी उनमें लेशमात्र भी थकान नहीं दिखलाई देती है। उनकी सक्रियता पर कभी ईर्ष्या होती है अरविंद को...। रोज अपने घोंसले में क्यूँ लौट आती हैं ये चिड़ियाँ?

रात गहराई नहीं कि फिर अंदर टी.वी. ही नजर आता है। सास-बहू, विवाहेत्तर प्रेम और घर गृहस्थी के जंजाल के किस्से या फिर गोविंदा और अमिताभ की फिल्में...।

"खाना क्या खाओगे?" रटा-रटाया प्रश्न पूछा है आरती ने।

"कुछ भी...।"' उसी तरह बरसों पुराना उत्तर है अरविंद का।

सुनकर आरती बुरा-सा मुँह बनाती है। खाने का सारा उत्साह फीका पड़ जाता है। वह बिस्तर पर बैठ गई है किंकर्तव्यविमूढ़ सी...। उनके बीच एक उदास खामोशी पसरी हुई है। अक्सर ऐसा ही तो होता है। बच्चों के जाने से उनके बीच संवाद के ज्यादातर मुद्दे खत्म हो गए हैं। उनकी पढ़ाई-लिखाई, खाना, कपड़े, शौक, दोस्त...। कुछ भी तो नहीं है सोचने या बात करने को...। इन्हीं विषयों पर मतभेद में उनमें कहासुनी हो जाती थी। विवाद के सारे मुद्दे ही अब खत्म हो गए हैं।

खाने से निबटकर आरती का मिनी से बात करने का वक्त होता है।

"हलो मम्मा...।"

"हाँ बेटा..., वापस आ गई...।"

“अभी आई हूँ... ।”

“खाना खाया...?”

“न मम्मा, बनाने का मन ही नहीं है। बहुत थक गई हूँ... । ब्रेड ऑमलेट खा लूँगी.. ।”

“इतनी मेहनत करती है, कम से कम खाना तो ठीक तरह खाया कर... ।”

“यस मम्मा... ।”

“उधर मनु के खाने का भी ठीक हिसाब नहीं है। रोज अंटशंट खाता है।”

“मम्मा, घर जैसा खाना थोड़े ही मिल सकता है। तभी घर की इतनी याद आती है।”

...घर...! कैसा घर...!

“तुम लोगों के बिना यह घर भी अब घर कहाँ रह गया है बेटा... । हमें तो खुद बड़ा पराया लगता है यह घर, बेटा... ।”

संवेदना का ज्वार अरविंद और आरती के अंदर उठ खड़ा हुआ है।

फोन रखकर वे देर तक निःशब्द ठस्स से बैठे रहे हैं और फिर टी.वी. में नजरें गड़ा दी हैं।

प्रस्थान

आज सुबह से ही घर में अजब-सा बोझिल माहौल है, हर कोई चुप्प, अपने-अपने काम में न जाने कितना मशगूल...। इन चारदीवारियों के अंदर कभी हर कोई इतना चहकता, किलकता है तो कभी हर शख्स जैसे अपने-अपने आवृत में जकड़ा महसूस होता है...। मन चाहता है कि कोई किसी से न बोले, सिर्फ अपना काम करते रहें या कि काम करने का ढोंग...। हालाँकि मेरे घर में ऐसे मौके कम ही आते हैं। कुल जमा चार ही तो प्राणी हैं—मैं, आरती, विवेक और अम्मा। अम्मा बूढ़ी और जर्जर जरूर हैं पर हर बात सुनती हैं और देर सवेर उस पर रीयक्ट भी करती हैं। उनकी इन टिप्पणियों से आरती कभी आहत होकर मन ही मन कुढ़ती है तो कभी बुरी तरह चिढ़ जाती है और अनर्गल बोल जाती है...पर सास-बहू का यह द्वंद्व किस घर में नहीं चलता।

रोज की तरह विवेक ने तेज म्यूजिक सिस्टम चलाया तो आरती ने झिड़क दिया, "अच्छा नहीं लग रहा है, बंद कर दे...।"

"क्यूँ मॉम...?" विवेक ने हैरानी से पूछा।

"सर चकरा रहा है, रात ठीक तरह सो नहीं पाई...।"

"पर हुआ क्या...? तबीयत खराब है क्या...?"

"तबीयत क्या, मन बड़ा भारी है...। आज रात को तनु को जाना है ना...।"

"तो...!" विवेक फिस्स-सी हँसी हँस दिया है और देर तक खिलखिलाता रहा है।

आरती झेंप कर दूसरे कमरे में चली गयी है, बड़बड़ाती हुई, "शरीर बड़ा होने से अक्ल नहीं आ जाती। हर बात को मजाक समझता है। चल म्यूजिक बंद कर...।"

सच तो यह है कि मुझे भी रीमिक्स का भोंडा संगीत कतई बर्दाश्त नहीं हो रहा है। मेरे मन में भी अजीब-सी बेचैनी जमा है। मैं भी रात भर ठीक से कहाँ सो पाया हूँ। रह-रहकर अजीब-सी चिंता मन को उद्विग्न बनाए रही जिसका कोई वाजिब कारण भी समझ में नहीं आता था। हमें परेशान करने वाली कुछ चीजों के कारण कितने अजीब और दूसरों के लिए हास्यास्पद होते हैं कि उन्हें शेयर करना भी मुश्किल होता है। अपनों से ही संवाद नहीं बन पाता...। इसलिए पत्नी की इस छटपटाहट को अच्छी तरह समझ सकता हूँ मैं।

आज न अखबार पढ़ने में मन लग रहा है। और न ही किसी और काम में...। ऐसे मौकों पर अक्सर एक्सरसाइज भी नहीं कर पाता। बस तैयार होकर ऑफिस आ गया हूँ। कल की बकाया दो-तीन फाइलें मुँह बाए मेज पर पड़ी हैं। पर उन्हें हाथ लगाने का मन नहीं है मेरा...। एक अजीब-सी उचाट की गिरफ्त में मेरा मन जकड़ा है। बस एड्रेस डायरी से अमरीका में बसे दो-एक मित्रों के पते खँगालने लगा हूँ। फिर इंटरनेट खोल कर मेल करने बैठ गया हूँ बिना यह जाने कि इस मेल का कोई मतलब है भी या नहीं...। बार-बार तनु से बात करने का मन करता है हालाँकि उसने कल रात ही कह दिया था कि आज वह बहुत व्यस्त है, तमाम काम करने हैं, अपनी तैयारी के अलावा कंपनी से डॉकुमेंट्स लेने और समझने हैं।

"जाने से पहले एक बार बात जरूर कर लेना...।"

"ओके पापा, चैकइन से पहले एक बार बात कर लूँगी...।" उसने हँस कर कहा था।

"बेटा, सब पेपर्स, चीजों और कपड़ों की लिस्ट बना लेना...।"

"ठीक है पापा...।"

"पासपोर्ट और वीजा पेपर्स का खास ध्यान रखना। उनकी एक फोटोकापी अलग से कहीं रख लेना...।"

"जी पापा...।"

"वहाँ के सारे पते और फोन नंबर्स दो जगह लिख लेना जिससे...।"

"कम ऑन पापा..., आयम नॉट ए चाइल्ड...।"

अब वह अक्सर यही कहती है और मेरा मन है कि मुझे अभी भी उसमें वही कंधे पर झूलती, तुतलाती, आइसक्रीम और चाकलेट के लिए सड़क पर बैठ जाने वाली तनु दिखलाई देती है। स्कूल से लौटने पर जूता कहीं तो मोजा कहीं उतारती, यूनीफॉर्म का हर हिस्सा इधर-उधर बिखरा होता...। हर तीसरे दिन उसकी

जेब बेरूमाल होती जिस पर आरती झुंझला-झुँझला जाती। पैन, पेंसिल तो अक्सर ही गुम होते..., इंटर करते-करते तीन कैलकुलेटर भी गायब हो चुके थे।

आरती दिन-रात झींकती रहती—उसकी लापरवाही पर, अराजकता और अनसुनेपन पर...।

"कल को हॉस्टल जाएगी तो कैसे काम चलेगा तेरा। कभी अपनी मेज और बिस्तर भी सम्हाल लिया कर...। कुछ किताबें तो कई हिस्सों में बँटी नजर आती हैं।"

"मम्मी, यह हजार पेज की किताब रोज कौन ढोए...। जो टॉपिक पढ़ाते हैं, वो चैप्टर अलग कर लेती हूँ।"

"मेरी बच्ची, यह विद्या का अपमान है।" अम्मा भी गाहे बगाहे सीख का पिटारा खोल देतीं, "किताबों की कद्र नहीं करेगी तो विद्या देवी पास नहीं आएगी, रूठ जाएगी। फिर लड़की हो तुम...। चीजों को सहेजने, सम्हालने की आदत डालो...।"

अम्मा की नसीहतों के लिए शायद उसके कानों के आरपार रास्ता था। आरती से जरूर उलझ जाती वह और फिर माँ बेटी का वाक्‌युद्ध चलता जिसकी इतिश्री तनु के रोने, कमरा बंद करने और मेरे लौटने तक खाना न खाने से होती...।

तनु के हॉस्टल में जाने पर हम दोनों ही चिंतित रहते थे। प्रायः रोज ही नई-नई हिदायतें दिया करते। हर पल हमें लगता कि वह अपने को कैसे सैटिल करेगी..., अपने सामान को कैसे सुरक्षित रखेगी। पर शायद हमारी चिंता निर्मूल थी। दो-ढाई महीने बाद जब हम दोनों उसके हॉस्टल गए तो उसके कमरे की साज सज्जा देख कर चकित रह गए। हमें लगा कि शायद रूम पार्टनर का प्रभाव हो किंतु छुट्टियों में जब वह घर आई तो उसमें कोई परिवर्तन नजर नहीं आया। धीरे-धीरे चीजें समझ में आने लगीं और हम भी संतुष्ट रहने लगे।

इंजीनियरिंग के चार साल कैसे गुजरे, पता ही नहीं चला। आखिरी साल में कैम्पस प्लेसमेंट आरंभ हो गया और तनु का इंफोसिस में चयन हो गया। अब उसे एक नए जीवन की शुरुआत करनी थी, हॉस्टल के सुरक्षित माहौल से निकल कर स्वतंत्र रूप से कहीं रहना था। हमारी चिंताएँ असीम थीं...। हम दोनों ही खासे परेशान रहते—उसकी सुरक्षा, उसके खानपान और उसके स्वास्थ्य को

लेकर...। शुरू में उसके साथ बंगलौर भी रहे। तनु एक स्वतंत्र फ्लेट लेकर रहने की इच्छुक थी पर आरती इसके लिए राजी नहीं थी। हम एक-दूसरे के सामने न इसकी वजह का खुलासा कर पाते और तनु को समझाने का तो सवाल ही नहीं था। बस दो टूक 'ना'..। अंततः एक अच्छी पीजी एकोमेडेशन का बंदोस्त करके हम लौट आए थे।

अभी तीन महीने भी नहीं बीते थे कि तनु को ऑन साइट अमरीका जाने का अवसर मिल गया। तनु आह्लाद और उत्तेजना से सराबोर थी। भारत में तो हर कंप्यूटर इंजीनियर का यही स्वप्न है, इसलिए तनु की प्रसन्नता को समझ सकते थे हम...।

"पापा, हर कोई कहता है कि तुम बहुत लकी हो...। इतनी जल्दी किसी को ऑन साइट कम ही भेजा जाता है। मेरे सीनियर भी मुझे कॉन्ग्रेचुलेट कर रहे हैं...।"

"और तुम्हारे फ्रेंड्स...!" अपनी बेटी की खुशी में कौन पिता शामिल नहीं होगा।

"बस पापा, उन्होंने तो मुझे पागल बना दिया है। रोज किसी न किसी को ट्रीट देनी पड़ती है।"

तनु की इस उपलब्धि पर पूरा परिवार बेहद उल्लसित और उत्तेजित था। रिश्तेदारों और मित्रों ने भी कोई क़सर नहीं छोड़ी, बधाइयों का ताँता लग गया। मेरे बॉस तक ने बुलाकर मुबारकबाद दी थी। यार दोस्तों ने तरल गरलयुक्त भोज की माँग की। हैरानी की बात यह कि आरती ने भी इस पर कोई आपत्ति नहीं की।

अमूमन दो पेग तक अपने को सीमित रखने वाला मैं, उस दिन सचमुच बहक गया था। शराब से नाक मुँह सिकोड़ने वाली आरती भी उस दिन बड़ी मस्त और बेपरवाह दिखलाई दे रही थी। हम लोगों के बीच ही बैठी रही और दौड़-दौड़ कर बर्फ और सोडा तक फ्रिज से लाती रही। तनु की सराहना तो बाँची ही गई, दोस्त लोग आरती की भी बढ़चढ़ कर प्रशंसा कर रहे थे। "भाभी, तनु तो आप के ऊपर गई है, सारा क्रेडिट आपको जाता है। इससे तो एक कुत्ता तक नहीं पाला गया।" यह संजीव था।

दरअस्ल तनु की ही जिद पर हमने एक कुत्ता पाला था जो कुछ ही दिनों बाद किसी बीमारी से मर गया। इस कुत्ते का संजीव के परिवार से निकट संबंध था।

"माँ के संस्कारों से ही बेटी आगे बढ़ती है...," आलोक के स्वर में बहकाव था, "तनु जो कुछ है आप ही की बदौलत... ।"

"हाँ साले, तेरे तो लड़की है नहीं, इसलिए जो चाहे कह ले... ।" कमल ने टोका, "पर भाभी वी आर प्राउड ऑफ तनु, वी आर प्राउड ऑफ अवर ग्रेट भाभी। चीयर्स... ।"

गर्व और उपलब्धि का एहसास मेरे अंदर हिलोरें ले रहा था। एक नए तरह की उत्तेजना से मेरा अंतरंग आप्लावित था–क्यूँ, मैं खुद नहीं समझ पाया था। इतनी प्रसन्नता का एहसास तो शायद मुझे कभी नहीं हुआ था। न तनु के इंजीनियरिंग में एडमीशन पर, और न ही उसकी नौकरी पाने पर... । शायद मित्रों ने इस भावना को और घनीभूत किया था। बच्चों की उपलब्धियाँ माँ-बाप को एक अप्रतिम सुख प्रदान करती हैं–मिट्टी के एक लौंदे को एक सजीव, थिरकती मूर्ति में ढालने का सुख... ।

तनु के विदेश जाने की तैयारी होने लगी। सारा काम तो उसे ही करना था–वीजा प्राप्त करना, रहने का इंतजाम, प्रोजेक्ट को समझना... । हम तो केवल सोचते रहते और कुछ न कर पाने पर दुखी होते। धीरे-धीरे चिंताओं का बेड़ा बनता गया। कहाँ रहेगी, कैसे रहेगी, क्या खाएगी...! तनु शुद्ध शाकाहारी है, अंडा तक से परहेज करने वाली... ।

"बेटा, उससे कहना लड्डू मठरी जरूरी ले जाए... ।" अम्मा का सुझाव था।

"अम्मा, ये सब वहाँ नहीं ले जा सकते... ।"

"क्यूँ भला, इसमें किसी को क्या एतराज...?"

अम्मा और न जाने क्या-क्या हिदायतें देतीं जिसे सुनना मुझे कतई नहीं भाता। पर यह भी सच है कि ये सब बातें मुझे भीतर तक उद्विग्न कर रही थीं। उसकी सुरक्षा, उसके रहने की व्यवस्था, भोजन आदि को लेकर मैं लगातार परेशान रहने लगा। पहली बार मैं अपने को बड़ा लाचार और असहाय अनुभव कर रहा था।

तनु शायद मेरी मनःस्थिति को समझ रही थी। अमूमन अपनी हर कठिनाई में मेरी मदद लेने वाली तनु अब मुझसे कोई बात नहीं कहती। जितना मैं पूछता, बस उतना बतला देती।

"तेरा प्रोग्राम फाइनल हुआ...?"

"जी पापा, परसों रात को यहाँ से चेन्नई, वहाँ से सिंगापुर और फिर सिंगापुर

में चार घंटे रुकने के बाद दूसरी फ्लाइट से सेंटफ्रांसिसको...।''

"सिंगापुर से सेंटफ्रांसिसको पहुँचने में कितने घंटे लगेंगे...?"

"करीब अट्ठारह घंटे...।"

"बेटा...।" पता नहीं क्या कहते-कहते मैं शांत हो गया। मुझे लगा कि मेरे गले में कुछ चुभ रहा है, आँखों में चिरमिरापन और स्वर में भारीपन था...।

कुछ पलों की चुप्पी मेरे अंदर उद्वेगों की घटा की मानिंद उमड़ने घुमड़ने लगी। यह अकारण संवेदनशीलता कभी मुझे हास्यापद भी प्रतीत होती। मित्रों से बातचीत करने से मैं कतराता। मन पर बोझ की पर्त-सी जमा होने लगी। हालाँकि इस बेचैनी का कोई वाजिब कारण भी मुझे समझ में नहीं आता। विदेश यात्रा करना कौन नई और अजूबी बात है। अक्सर लोगों के आने जाने के बारे में सुनते हैं। पिछले साल मेहता का लड़का नौकरी के सिलसिले में अमरीका गया था। सभी दोस्तों को कितना अच्छा लगा था। मेहता का चेहरा भी खिला-खिला दिखलाई देता था पर जाने के एक सप्ताह पूर्व से वह बड़ा उदास रहने लगा था। मैंने वजह जानने की कोशिश की तो सिर्फ इतना कहा था, "यार, बहुत दूर जा रहा है।"

पता नहीं क्यों, उसकी पीड़ा का एहसास तब मुझे कतई हुआ था। निर्लिप्त भाव से उसे देर तक समझाता रहा था और अपने संवाद का उस पर कोई प्रभाव न देखकर मन ही मन झुँझलाया भी था।

कभी-कभी कोई दिन कितना बेजार, जड़ और निर्जीव बन जाता है...। न वक्त कटता है और न ही किसी काम में मन लगता है। दोस्तों से बातचीत तक बड़ी ऊब और उलझन पैदा करती है। अक्सर तब हम एक ही मुद्रा में जड़ से किसी अनाम लक्ष्य की ओर ताकते रहते हैं। सामने के सारे ऑब्जेक्ट्स जैसे अदृश्य हो जाते हैं। पूरा वजूद बेमकसद-सा प्रतीत होता है।

मेरे साथ भी आज ऐसा ही हुआ है। घर लौटा हूँ तो ऐसा लगा है कि मानो शून्य के अरण्य में भटकाव के बाद एक घुप्प, सुनसान और निर्जन घाटी में पसर गया हूँ। पूरा घर सुस्त, ठंडा और निष्क्रियता की गिरफ्त में जकड़ा है...। आरती किसी मैगजीन में आँखें गड़ाए कमरे में बैठी है हालाँकि मैं जानता हूँ कि यह पत्रिकाएँ पढ़ने का वक्त नहीं है। किचिन पूरी तरह बेजार और उदास है जबकि यह उसके आबाद होने का समय है। बर्तन साफ-सुथरे, करीने से रैक में सजे, गैस चूल्हा धुला पुँछा...। लगता ही नहीं कि यहाँ दिन भर कोई काम हुआ है।

मैं बीच वाले कमरे में कुर्सी में आकर धँस गया हूँ।

"चाय बना दूँ" आरती ने बिना हिले-डुले जैसे मेरी मौजूदगी को पूरी तरह नकारते हुए पूछा है।

"ना, मन नहीं है।" मैंने भी उतने ही ठंडेपन से उत्तर दिया है।

मुझे नहीं मालूम कि अब मुझे क्या करना है या कि मैं यहाँ क्यूँ बैठा हुआ हूँ। यह मेरे बैडमिंटन खेलने का वक्त है पर उसके लिए मैं कल ही मना कर आया था, "कल मेरी बेटी अमरीका जा रही है...।"

"तुम सीऑफ करने जा रहे होगे?"

"नहीं यार, वह चेन्नई से जा रही है। कैसे पहुँच सकता था वहाँ...?"

"तो फिर...?"

साथ के खिलाड़ियों ने मुझे अजीब सी नजरों से देखा था। उन निगाहों में छिपे सवालों से अनभिज्ञ नहीं था मैं। पता नहीं क्यों, बड़ा असहज महसूस कर रहा था मैं।

"नेवर माइंड, परसों खेलेंगे...।" महेंद्र ने कहा।

"नहीं यार, अब मैं सोमवार को खेलूँगा। खेलने का मन नहीं है। तनु ठीक से पहुँच जाए पहले।" कहकर मैं तेजी से चला आया था।

अब यहाँ बैठे-बैठे लगता है कि खेल कहीं बेहतर विकल्प था। कम-अज-कम एक सक्रियता से तो रू-ब-रू रहता। अब मैं ठस्स-सा बैठा तनु के फोन की प्रतीक्षा कर रहा हूँ।

"क्या खाओगे...?" काफी देर की संवादहीनता के बाद आरती ने पूछा है।

"कुछ भी, खिचड़ी बना लो...।"

"ठीक है, विवेक अपने लिए कुछ बाजार से ले आएगा...।"

"क्यूँ भला, रोज बाजार से...। घर में जो बनता है, क्यों नहीं खाता...। और आज भी...।" कहते-कहते मैं एकाएक चुप हो गया हूँ।

...क्या हुआ है आज..., अपनी अकारण खीझ पर मैं अंदर-ही-अंदर झेंप रहा हूँ।

आरती मेरी ओर देखकर फिर किसी पत्रिका के पन्ने उलटने लगी है।

घर की चुप्पी कुछ तकलीफदेह है तो कुछ राहत भरी...। अम्मा का स्वर भी आज कानों में नहीं पड़ रहा है। अक्सर ऑफिस से लौटने के कुछेक वक्त बाद वह मेरे साथ होती है।

"अम्मा कहाँ हैं...?"

"अपने कमरे में, पूजा कर रही हैं।"

"पूजा इस वक्त...?"

"हाँ, आज व्रत रखा है उन्होंने...।"

"किसका...?"

"यूँ ही, सुबह कहने लगीं कि तनु ठीक तरह पहुँच जाए इसलिए आज व्रत रखूँगी।"

मैंने एक लंबी साँस ली है। मेरी नजरें घड़ी पर जमी हैं। तनु का फोन आता ही होगा। शायद आरती को भी इसी की प्रतीक्षा है। फोन की घंटी बजी तो झटके से मैंने उसे थाम लिया है।

"हलो पापा...।" तनु है।

"हाँ बेटा...।"

"बस पापा, चैकइन करने जा रही हूँ। इतने सारे फार्म भरने हैं। सो मेनी फार्मेलिटीज...। ठीक है पापा, रखती हूँ...।"

"बेटा अपना ख्याल रखना...।" मेरी आवाज भरभरा उठी है, "लो मम्मी से बात कर लो...।"

पास में खड़ी आरती को मैंने फोन पकड़ा दिया है। हमेशा की तरह तनु जल्दी में है। आरती से क्या बात हुई, मेरे कानों में ही नहीं पड़ा। फोन रखने के बाद मैंने देखा कि आरती साड़ी के पल्लू से अपने आँसू पोंछ रही है।

अंदर का गुबार थामने के लिए मैं अपने से लड़ रहा हूँ—बड़े अकेलेपन के साथ...। उठकर मैं बाथरूम में चला आया हूँ। मेरी आँखें आर्द्र हैं।

कपड़े बदलकर मैं बिस्तर पर लेट गया हूँ—चादर तानकर...।

"सो जाओ...।" आरती ने पास आकर कहा है।

उसने बत्ती बुझा दी है। अब अँधेरे कमरे में मेरी आँखें खुली हैं। उन खुली आँखों में न जाने कितनी कल्पनाएँ, कितनी आशंकाएँ, कितने भय तैर रहे हैं जो एकाएक प्रकट होते हैं और स्वतः तिरोहित हो जाते हैं। नींद तो उनके पास नहीं फटकी है। घंटे, पहर और फिर पूरी रात यूँ ही बीती है..., करवटों के बीच...।

सफर

चाहकर भी कुछ कर नहीं सकतीं अम्मा..., निष्क्रिय, निस्पंद...

सोचकर भी कुछ बोलती नहीं हैं अम्मा..., निःशब्द, निर्लिप्त...

चोट खाकर भी जड़ दिखती हैं अम्मा..., निस्पृह, निर्द्वंद्व...

सफर के इस मुकाम पर जीवन कितना संपूर्ण लगता है, खत्म होने का आग्रह करता। पर वह है कि घिसटता ही जाता है, एक अंतहीन डगर की तरह—रेगिस्तान में दूर तक फैली सड़क का फैलाव जहाँ अजब-सी वीरानी और उजाड़ पसरा है, ...ठूँठ खड़े दरख्तों की मानिंद जहाँ न हरेभरे पत्तों की सरसराहट है और न ही परिंदों की चहचहाहट की अनगूँज...। चौतरफा खालीपन के बावजूद पूरे माहौल को एक दमघोंटू उमस ने जकड़ रखा है।

मन चाहता है कि अब यह आखिरी पड़ाव हो पर जिंदगी है कि कदम-दर-कदम लड़खड़ाती चलती ही जाती है। पर सचमुच क्या...? तब हमें ठहराव की गहरी कसक हर पल क्यूँ सालती रहती है, गतिशीलता के बावजूद...।

पहले अमूमन साल में एक यात्रा होती थी और अब...।

सफर के नाम से उनके अंदर तब भी औला उठता था जब वह जवान थीं। अब तो पचहत्तर को छूने जा रही हैं। शरीर चलायमान जरूर है पर पूरी तरह शिथिल और पस्त...। कभी निरंतर क्षरित होते अंग उन्हें आतंकित करते हैं। पता नहीं किस पड़ाव पर आकर बेवसी की गिरफ्त में जकड़ जाएँ...। कहीं उनमें जड़ता आ गई तो...? सोच कर उनके ढुलमुल शरीर में एक सर्द कँपकँपाहट-सी प्रवाहित होने लगती है। लाचारी का अहसास उन्हें बड़ा भीरु और कमजोर बना देता है। इसीलिए सफर नियति से भी कहीं जरूरी जिंदगी का अहम हिस्सा लगता है उन्हें, चाहे अपने कमरे, बरामदे और बाथरूम के बीच का हो याकि...

मायके तक के दो सौ किलोमीटर की यात्रा के लिए कम-अज-कम तीन

दिन की तैयारी लाजमी थी। पहले दिन बक्से की झाड़पोंछ होती, उसे धूप लगाई जाती। पानी गर्म कर उसमें साबुन उबाला जाता और घर पर धोबी घाट का दृश्य सजीव हो जाता। सूखे कपड़ों को तहा कर उन्हें गद्दों, तकियों के नीचे दबाया जाता। सिर्फ यह प्रक्रिया चौबीस घंटों की होती। प्रस्थान वाले दिन दोपहर में पैरों में आल्ता सजाया जाता और उसके बाद रास्ते के खाने की तैयारी...। नई सुराही में पानी तैयार करने की जिम्मेवारी हम भाइयों की होती। दस वाली ट्रेन के लिए आठ बजे से ही चलने की जिद करतीं अम्मा जबकि स्टेशन का रास्ता बमुश्किल पंद्रह मिनट का था। रेलगाड़ी में सवार होने तक उनके चेहरे पर एक अजीब-सी बदहवासी और घबराहट पुती होती। हर बार उन्हें लगता कि या तो गाड़ी छूटेगी या कोई बच्चा अथवा सामान...। गाड़ी पहुँचने की पहली घंटी उन्हें उद्विग्न कर देती। लगता ट्रेन अब आई और अब गई। बस उसके बाद उन्हें बच्चों का एक टाँग से दूसरे टाँग पर वजन बदलना तक बर्दाश्त नहीं था।

जब तक बाऊजी जीवित थे, शायद उन्होंने अपने को इस कवायद का अभ्यस्त बना लिया था। सिनेमा जाने के लिए भी अम्मा को सुबह ही बतला दिया करते थे। शायद इन छोटे मुद्दों पर पत्नी से सामंजस्य और समन्वय रखने में यकीन था उनका वरना तो हर बात में वह अपनी ही चलाते। खाना उनकी पसंद से बनता, हम उनकी पसंद के कपड़े पहनते, रेडियो उनके समय से बजता, हमारे सोने, जागने, खेलने का वक्त वह तय करते। और तो और तमाम अस्फुट विरोध के बावजूद यह भी उन्होंने तय किया कि मैं हाई स्कूल के बाद आर्ट्स साइड पढ़ूँगा।

पर इन पचास सालों के लंबे साथ के बाद भी हम अम्मा की इन आदतों से खासे खीझ उठते हैं। हर बार हमें लगता है जैसे अम्मा किसी अंतहीन सफर पर प्रस्थान कर रही हैं।

...शायद उसी सफर का इंतजार है उन्हें...!

...क्या सिर्फ उन्हें...!

"अम्मा, छह घंटे में तो आगरा पहुँच जाएँगे। फिर पूरी-सब्जी, पानी की बड़ी बोतल, आठ-दस पान, लौंग-इलायची का झमेला क्यूँ...?"

...अम्मा मुस्कराकर चुप रहती हैं।

...अक्सर वह अब चुप ही रहती हैं।

...पता नहीं कैसे वह चुप रह पाती हैं।

...मोटे चश्मे के पीछे से झाँकती झुर्रियों भरी आँखें पता नहीं चुप भी रहती हैं।

तीसरा पड़ाव

"अम्मा और कितने दिन तक यहाँ रहेंगी...?"

"मतलब...?"

"मतलब यह कि अम्मा को यहाँ छह महीने से भी ऊपर हो चुके हैं। अम्मा की सारी जिम्मेवारी सिर्फ तुम्हारी ही है क्या...।"

"इसमें जिम्मेवारी की क्या बात है। बूढ़े माँ-बाप की देखभाल बेटों को ही करनी होती है।"

"ठीक है, सब करें न मिल बाँट कर। एक पर ही बोझ क्यूँ...?"

"अगर उन्हें यहाँ अच्छा लगता है तो क्या जरूरी है कि वह कहीं और रहें।"

"उनका अच्छा लगना ही सब कुछ है। कभी हम से नहीं पूछोगे। उनके रहने से हमें जो दिक्कत होती है, उसके बारे में तुम्हें सोचने की कोई जरूरत नहीं है।"

"कैसी दिक्कत...?"

"पूरे दिन कभी घर पर रहो तो पता चलेगा। पचास तो काम हैं उनके। उन्हें करने के लिए यहाँ बड़े नौकर चाकर छोड़ रखे होंगे तुमने। कभी पीने का पानी दो, कभी नहाने के लिए पानी गर्म करके रखो, कभी उनके पान तंबाकू का इंतजाम करो, चाय और खाने पीने की तो बात ही छोड़ दो...।"

"मेरी माँ हैं वो...।"

"और भी दो लड़के हैं उनके। वो दोनों लड़के उन्हें माँ नहीं समझते। उनका कोई फर्ज नहीं, कोई जिम्मेवारी नहीं। अम्मा का सारा ठेका तुमने ही ले रखा है।"

"धीरे बोलो, सीमा...।"

"धीरे बोल कर तुम्हें समझ में कहाँ आता है। अरे तीन लड़के हैं, सभी को अपनी जिम्मेवारी समझनी चाहिए। थोडे-थोड़े दिन सबके यहाँ रहें तो किसी को उनका रहना न अखरे। आखिर उनके रहने से खर्चा भी तो बढ़ता है। रोज आधा लीटर दूध ज्यादा आता है। हमें कहीं बाहर खाना हो तो भी उनके लिए खाना बनाना पड़ता है। चाय, नाश्ता, खाना..., तुम्हें क्या लगता है इस सब में कोई खर्चा ही नहीं होता...।"

"उफ्फ..., बस करो सीमा...।"

"तुम्हारे समझ में आए तब तो...और हाँ, दवाइयाँ...। पाँच, सात सौ की दवाइयाँ हर महीने आती हैं। यह सब कहाँ से होता है। कोई ऊपरी आमदनी तो है नहीं तुम्हारी...।"

"अम्मा सुन लेंगी...।"

"सुन लेंगी तो सुनें। उन्हें भी तो सच्चाई का पता चले...।"

"पर अम्मा के हजार-पंद्रह सौ रुपए के खर्च से हम गरीब तो नहीं हो जाएँगे. ..।"

"पहले तो हजार-पंद्रह सौ की बात भूल जाओ। पूरे ढाई-तीन हजार का खर्च है अम्मा का और फिर सिरदर्द...।"

"बस अब चुप भी करो...।"

"कब तक चुप रहूँगी। बीस साल से चुप ही तो हूँ। मुझे लगता था कि उन्हें समझ में आ जाएगा। खुद समझेंगी कि तीनों लड़कों के पास कुछ-कुछ महीने रहा करूँ। या तुम समझा दोगे उन्हें...।"

"मैं उनसे कहूँ कि तुम मेरे घर से चली जाओ...।"

"ठीक है, तुम मत कहो। मैं समझा दूँगी उन्हें...।"

"पागल मत बनो। तुम्हें बोलने की कोई जरूरत नहीं है। वक्त देखकर मैं ही बात कर लूँगा। वो तो कई बार खुद लखनऊ जाने के लिए कह चुकी हैं। अपना घर किसे याद नहीं आता।"

"तब भेजते क्यों नहीं...?"

"मैं सोचता हूँ कुछ दिन सुरेश के यहाँ भी रह लें। वहाँ गए दो-ढाई साल हो गए हैं।"

अम्मा चुप हैं।

सब कुछ सुन कर भी चुप हैं।

चुप रहने के सिवाय और कोई विकल्प ही क्या है।

पर चुप रहने से आदमी नासमझ तो नहीं हो जाता।

उम्र के साथ अंगों में शिथिलता जरूर आती है, सुनने, समझने की शक्ति खत्म नहीं होती। बहू को समझाने की अब क्या जरूरत है। देर रात तक सीमा का कर्कश स्वर उनके कानों में बवंडर की तरह उनके अंतर्मन को बुरी तरह उद्वेलित करता रहा। जख्म जैसे फिर उधड़ गया हो और बुरी तरह टीसता हो। नींद आँखों में सुई सी चुभो कर कहीं अदृश्य हो गई। रात के अँधेरे में जलती आँखें अजीबोगरीब आकृतियाँ देखती रही थीं। कहीं काले घने बादल, उसमें झाँकता पति का चेहरा, छोटे बड़े टिमटिमाते तारे जो एक-एक कर टूट कर कहीं गुम हो रहे थे, अपना

स्खलित होता वजूद जो छिन्न-भिन्न होकर एकाएक फिर सशरीर प्रकट हो जाता था। कब नींद उस चुभन पर हावी हो गई, उन्हें पता ही नहीं चला।

अम्मा आज देर से सोकर उठी हैं। नींद खुलने पर भी आँखें बंद किए पड़ी हैं। देह के साथ मन भी झटका खा जाए तो उम्र में इजाफा होने का अहसास होना लाजमी है।

मोना जब स्कूल जाने से पहले उनसे बाय करने आई तो भी वह निस्पंद-सी पड़ी रहीं। आखिर जब पेट बोलने लगा तो दो गिलास पानी पिया और शौच से निवृत्त होने चली गईं।

रमेश दो बार उन्हें चाय के लिए पुकार चुका है। इसलिए मुँह-हाथ धोकर, बतीसी की सफाई कर आकर बरामदे में बैठ गई हैं।

सीमा ने चाय और दो बिस्कुट उनके सामने रख दिए हैं।

निःशब्द वह बिस्कुट को चाय में भिगो कर उसे सुड़क रही हैं।

दरअसल अम्मा क्या, सभी शांत हैं इस समय। सीमा किचिन के कामों में मशगूल है। रमेश अखबार पर नजर गड़ाए बलात्कार, लूट, छेड़खानी, चोरी, डकैती की खबरें पढ़ रहा है। पर हर रोज की तरह वह आज अम्मा को इनकी जानकारी नहीं दे रहा है। मोतियाबिंद के कारण अब अम्मा अखबार नहीं पढ़ पातीं। सो खास खबरें बाँच कर रमेश ही अम्मा को दीन दुनिया की जानकारी देता है।

आज वह भी खामोश है। अपने अंदर की उथल पुथल को किसी तरह थामे हुए है। सीमा की बातें सुनकर कैसा महसूस हुआ होगा। बेटे के घर का पराया होना...।

अम्मा को आज नाना की याद क्यूँ कर आई है। वह कहा करते थे कि घर में एक वक्त में एक ही बोले तो घर की शांति बनी रहती है। जहाँ दो लोग बोले तो समझ लो कलह शुरू...। बड़े-से-बड़े समाज शास्त्री घर-परिवार के सुख-चैन की इससे सरल और सुगम व्याख्या क्या कर सकते हैं।

पर मरघटी और दमघोंटू चुप्पी है यह। सामान्य दिनचर्या के बावजूद पूरे माहौल में एक जड़ता पसरी है। चारों तरफ एक ठंडापन है। घर के सभी सदस्य जैसे एक-दूसरे से पूरी तरह असंपृक्त दिख रहे हैं। ऐसा लगता है मानो घर के अलग-अलग कोनों में दीवार के पीछे मुँह मोड़ कर खड़े हैं—अपने-अपने घेरों में कैद।

भारी और दर्द भरे कदमों से अम्मा अपने कमरे में आ गई हैं। एकाएक वह कमरा बड़ा अजनबी लगने लगा है उन्हें, एकदम पराया-हॉस्पिटल के प्राइवेट

वार्ड के उस कमरे की तरह जहाँ एक महीने से भी ज्यादा वह रही थीं...। देर तक सोने के कारण आज कमरे की सफाई भी नहीं हुई है पर आज वह इससे पूरी तरह बेफिक्र हैं।

बिस्तर पर बैठ कर सुपारी रहित पान और तंबाकू खाती हैं। अभी चार टुकड़े बाकी हैं। अब पान लाने के लिए कैसे कहें...। वह जानती हैं कि तीनों बहुएँ उनकी इस आदत को कितना नापसंद करती हैं।

पान खाकर वह घिसटते कदमों से चलकर फिर बरामदे में आकर बैठ गई हैं। सूत्र की तलाश में...। निर्णय तो कल रात ही ले लिया था। शुरुआत कैसे करें...! कभी-कभी दूसरे के मन की बात भी बिना भूमिका के अटपटी लगती है।

"बेटा, सोचती हूँ, दो-चार महीने सुरेश के पास जाकर रह लूँ...।"

अप्रत्याशित न होते हुए भी रमेश जैसे चौंक जाता है। क्या उत्तर दे वह...? अखबार में छपे शब्द जैसे एकाएक बड़े धुँधले पड़ गए हैं। उनमें अम्मा का चेहरा उभरने लगा है। पास बैठी माँ के चेहरे को देखने के बजाय उस अक्स को देखना उसे ज्यादा सुविधाजनक लग रहा है। मन में अजब-सी खदबदाहट हो रही है। क्या उत्तर दें? साफ कह दे कि यही तो हम सुनना चाहते थे, पर शब्द मुँह में जम से गए हैं।

"सुना बेटा...। मुझे आगरा भेजने का कुछ इंतजाम कर दे...।"

"ठीक है अम्मा। कब जाओगी...?" अखबार से नजरें हटाए बगैर वह पूछता है।

"कल, परसों, किसी भी दिन...।"

"ठीक है अम्मा...। तीन दिन बाद इतवार है। मैं छोड़ आऊँगा।"

"सुरेश को फोन पर बतला भी देना...।"

"हूँ...। तुम अपनी तैयारी तो कर लो...।"

सफर की तैयारी...! उनके पूरे बदन में एक कंपन-सा हुआ है। कितना सामान फैला हुआ है। कपड़े भी तो तैयार करने हैं। उन्हें लगा खाली बैठ कर वह वक्त बरबाद कर रही हैं। बस दो ही दिन तो शेष हैं।

वह अपने कमरे में आकर बैठ गई हैं। बरामदे के मुकाबले यहाँ अधिक सुरक्षित महसूस कर रही हैं वह। दीवारें जैसे कवच के रूप में सामने खड़ी हैं। कम से कम उन वितृष्णा भरी नजरों से बचाव तो करती हैं। काश ईंट-गारे की ये दीवारें कानों का अभेद्य पर्दा भी बन सकतीं।

—ठीक है, तुम मत कहो, मैं समझा दूँगी उन्हें...। सीमा के शब्द उनके कानों

में गूँज रहे हैं। एक अनजाना-सा भय उनके बदन में सिहरन पैदा कर रहा है।

उस 'समझाने' के आतंक से बचना चाहती हैं अम्मा...।

दूसरा पड़ाव

"कब तक रहेंगी अम्मा...?"

"मुझे क्या मालूम...।"

"क्या अब यहीं रहने आ गई हैं।"

"हो सकता है।"

"वाह, कितनी आसनी से कह दिया। तुम्हें मालूम है मुझे उनका यहाँ रहना पसंद नहीं है। हफ्ते-दो हफ्ते की बात और है। पर महीना होने को जा रहा है।"

"साल में एकाध महीना भी अम्मा को यहाँ नहीं रख सकतीं?"

"देखो, न उन्हें मुझसे बात करना अच्छा लगता है और न ही मुझे...। उनके रहने से घर में बेवजह टेंशन रहता है।"

"कैसा टेंशन..?"

"तुम्हें महसूस नहीं होता? सब कुछ समझते हुए भी भोले बने हुए हो। घर में ऐसे आदमी का रहना जिससे किसी तरह का कोई कम्युनिकेशन ही न हो...।"

"यह तुम्हारी प्राब्लम है...।"

"हाँ, मेरी प्राब्लम है। मेरा घर है, जिसे मैं चाहूँगी, वही रहेगा इस घर में...।"

"और मेरा इस घर पर कोई अधिकार नहीं है।"

"क्यों नहीं, पूरा है। सॉरी, मैं भूल गई, यह घर तो तुम्हारा है। तुम अपने घर में अपनी माँ के साथ रहो। मैं मम्मी-पापा के पास चली जाती हूँ। जब इस घर से अम्मा चली जाएँ तो आ जाऊँगी मैं।"

"दिस इज एब्सर्ड...।"

"आई डोंट केयर...।"

"ऐसा कहते हुए तुम्हें शर्म आनी चाहिए...।"

"भला क्यूँ...। अरे तुम्हारी माँ हैं तो तुम उन्हें इस घर में रखो...। मुझे थोड़े ही फोर्स कर सकते हो...।"

"तुम्हारा उनसे कोई रिश्ता नहीं है क्या? शी इज याउर मदर इन लॉ।"

"थैंक्स, मुझे बताने के लिए, मुझे तो आज तक इसका अहसास ही नहीं हुआ।"

"तुमने कोशिश की...?"

"कोशिश मुझे नहीं अम्मा को करनी थी। मैं अपना घर छोड़ कर आई थी। अम्मा का फर्ज था कि मुझे इतना प्यार देतीं कि मुझे खुद यह फीलिंग होती।"

"क्या नहीं दिया उन्होंने?"

"क्या दिया...? कभी प्यार भरा एक शब्द भी बोला हो। हमेशा ताने...।"

"कभी एकाध बात कह दी तो ताने हो गए। अपने बच्चों से माँ-बाप क्या नहीं कहते।"

"बच्चे जानते हैं कि माँ-बाप उनके लिए क्या नहीं करते।"

"यह सब गलत सोच का नतीजा है।"

"उसके पीछे कुछ रीजंस भी होते हैं।"

"सिर्फ दिमागी फितूर है यह...।"

"ओके आयम मेंटली सिक...। अम्मा अपने बेटे के पास रहें...।"

"फिर कहाँ रहेंगी...?"

"जहाँ अच्छा लगे वहाँ रहें। अपने मकान में रहें या फिर हरिद्वार, ऋषिकेश में जाकर रहें। अब तो सभी बड़े शहरों में ओल्ड एज होम्स भी बन गए हैं।"

"नमिता, होश में बात करो...।"

"देखो चीखो मत, चीखना मुझे भी आता है। अम्मा के सामने तुम्हारी ही बेइज्जती होगी। तुमने पूछा कहाँ रहेंगी, मैंने सजेशन दे दिया। तुम्हें अच्छा नहीं लगा तो रखो उन्हें...।"

"..............."

"लखनऊ का मकान तो उनके नाम है, वहाँ क्यों नहीं रहतीं वह...।"

"इसके लिए तुम्हारी एडवाइस की जरूरत नहीं है...।"

अम्मा जानती हैं कि वह अपनी परिक्रमा के पहले पड़ाव की ओर बढ़ रही हैं—पहला और बेस पड़ाव..., जहाँ से एक वर्ष की यात्रा आरंभ होकर वहीं समाप्त होती है। फिर लखनऊ का घर तो उनका अपना घर है। इसी घर में ब्याह कर आई थीं

अम्मा...। आधी सदी से भी ज्यादा वक्त गुजर गया पर आज भी वह मन में कितना तरोताजा है। सास, ससुर, दो ननदें, जेठ भाभी और उनके चार बच्चे...। घर भी कोई खास बड़ा नहीं था। दो बड़े कमरे जिन्हें सब लोग हाल कह कर पुकारते थे और तीन कोठरियाँ..., बीच में ईंट का दालान...। उस समय पाखाना तो सभी घरों में एक ही होता था और उससे सटा चार बाई छह फुट का गुसलखाना...। किसी खास मौके को छोड़ दें तो कभी किसी को कोई खास दिक्कत नहीं होती थी। सबके वक्त जैसे तय थे। बाबा-दादी, तो पौ फटने से पहले ही दैनिक कार्यों से निवृत्त हो लेते थे। फिर ताईजी का नंबर था। उसके बाद बच्चे स्कूल के लिए तैयार होते थे। स्कूल जाने से पहले शौच जाना या नहाना अनिवार्य नहीं था। यह प्राकृतिक आवश्यकता के सिद्धांत पर आधारित था। हाँ, अम्मा के आने के बाद बच्चों से पहले उनका नंबर लग गया। सबसे बाद में दोनों भाइयों की बारी आती थी, इसलिए भी क्योंकि ताऊजी को खासा वक्त लगता था।

तकरीबन दस साल का क्रम चला। इस बीच बाबा का निधन हो गया। ताऊजी तबादले पर परिवार सहित बनारस चले गए और दोनों बुआ अपने-अपने घर...। इस बीच हम चार भाई-बहन भी इस लोक में प्रकट हो गए, इसलिए घर में भीड़ लगना तो लाजमी था। पर ताऊजी और बुआ के जाने से अब घर खाली लगने लगा। तभी अम्मा के जीवन का सबसे मर्मांतक हादसा घटित हुआ। हृदय गति रुकने से एकाएक बाऊजी बैठे बिठाए चल बसे। बेटे की मौत के गम में दादी भी ज्यादा साल जिंदा नहीं रहीं।

रमेश उस समय अट्ठारह साल का था। पिता के स्थान पर उसे विभाग में छोटी-सी नौकरी मिल गई।

पति के निधन से तो अम्मा का जीवन उजड़ ही गया था पर सास की मृत्यु उनके लिए कम गहरा आघात नहीं था। अक्सर वह कहा करतीं, "जब तक वह जिंदा थीं, लगता था घर पर किसी बुजुर्ग की छत्रछाया है। जब भी मैं ज्यादा दुखी या परेशान होती तो वह ही समझातीं मुझे। कहतीं, "बहू, विधि का लिखा किसने मिटाया है। पर आदमी के जाने से दुनिया थोड़े ही खत्म हो जाती है। इन बच्चों को तो तुम्हें ही देखना है। हिम्मत बनाए रख, बहू...।" कहते-कहते उनके आँसू झरने लगते और वह दूसरे कमरे में जाकर फूट-फूट कर रोतीं...।

दुख की सहभागिता का अहसास अम्मा को बड़ा संबल देता। अंदर कहीं थोड़ा मजबूत भी महसूस करतीं।

ऐसा नहीं था कि सास बहू में किसी बात को लेकर कभी कोई तनाव या

टकराहट नहीं होती थी। दादी की टीका टिप्पणी पर अम्मा खूब झल्लातीं। कई बार जोर-जोर से रोतीं, एकाध दिन का खाना भी त्याग देतीं और बाद में दादी के सामने उल्टा-सीधा बोलने से भी नहीं चूकतीं। पर एक-दो दिन में सारा तनाव खुद-ब-खुद पिघल जाता। कैसे, किसी को पता ही नहीं चलता, बिना किसी कोशिश के...। सब काम अपने रुटीन में होने लगते। एक बार दादी की किसी प्रताड़ना से क्षुब्ध होकर अम्मा बुरी तरह रोने लगीं तो रमेश उनसे जाकर भिड़ गया, "ऐसा क्यूँ बोलती हैं अम्मा से आप।" तो अम्मा ने समझाया उसे, "नहीं बेटा, दादी से तुम्हें ऐसा नहीं बोलना चाहिए। तेरी नानी मुझे नहीं डाँटती थीं क्या...। वो तो हाथ चलाने से भी नहीं चूकती थीं। इसका मतलब यह नहीं कि वह बुरी थीं या मुझे प्यार नहीं करती थीं। दादी भी हम सब को खूब प्यार करती हैं।"

हाँ, अम्मा और दादी के झगड़े का मूल केंद्र था हम भाई-बहन...। जब कभी अम्मा हमें बुरा-भलाकर देतीं या दो-चार थप्पड़ रसीद कर देतीं तो तुरंत दादी ही ढाल बन कर उनके सामने खड़ी हो जातीं। हालाँकि बाद में दादी और अम्मा के तकरार और अम्मा के रोने-कलपने से बच्चों की सहानुभूति अम्मा के साथ ही होती।

दादी को अपना घर छोड़ना अच्छा नहीं लगता था। ताऊजी उन्हें बनारस चलने के लिए लगातार जिद करते। ताऊजी को हमेशा यह लगा कि अम्मा दादी को उनके पास नहीं आने देतीं।

शायद इसमें कुछ सच्चाई जरूर थी।

पहला पड़ाव

"जब से अम्मा आई हैं, बड़ी चुप सी रहती हैं।"

"........."

"तुम लोगों में कुछ कहासुनी तो नहीं हो गई...?"

"क्या बेकार की बातें करते हैं आप। अम्मा चुप हैं तो इसके लिए भी मैं दोषी...। कम खाएँ तो इसके लिए मुझसे सवाल, जवाब, ज्यादा खाकर पेट खराब कर लें तो मैं जिम्मेवार...। उस दिन खाँस रही थीं तो भी मुझसे ही पूछ रहे थे आप...।"

"जरा-सी बात को इतना तूल क्यूँ देती हो...?"

"इसलिए कि अम्मा की हर बात के लिए आप मुझ पर शक करते हैं।"

"मैं तो अम्मा की चुप्पी की वजह पूछ रहा था।"

"तो अम्मा से पूछिए न..., मुझसे क्यूँ? अम्मा न हुईं कि मेरे लिए मुसीबत बन गई हैं। रात-दिन उनकी सेवा टहल करो, फिर भी न वह खुश और न ही आप...। आपको तो इस मामले में मुझ पर यकीन ही नहीं है। कभी मुझसे पूछा है कि मैं आज चुप क्यूँ हूँ या एक रोटी कम क्यों खाई है...?"

"मीना, माँ-बाप का ख्याल रखना ही पड़ता है।"

"तो रखिए न। जितना मेरे बस में है, करती हूँ। फिर अम्मा को भी तो अपनी उम्र के लिहाज से खाना-पीना, और रहना चाहिए...। पूरे दिन यहीं कमरे में बैठकर टीवी देखती हैं। फिर मैं कहाँ लेटूँ, बैठूँ। उनके सामने पड़ी नहीं कि उनकी कोई न कोई फरमायश शुरू। कभी पानी, कभी पान तो कभी चाय...। मेरा चैन से बैठना उन्हें गवारा ही नहीं है। उन्हें इस बात का कतई ख्याल नहीं है कि मुझे भी दिन में आराम की जरूरत है। मेरी मम्मी भी काफी बूढ़ी हैं, वो तो मुझसे एक गिलास पानी तक नहीं माँगतीं...।"

"तुम्हारी भाभी से तो माँगती होंगी...।"

"मैंने तो देखा नहीं। आखिर क्यूँ...? घर की बहू रात-दिन काम में खटने के लिए है।"

"एकाध काम करने से आदमी घिस नहीं जाता। बड़े-बूढ़ों की सेवा करने से पुण्य मिलता है।"

"फिर यह पुण्य लाभ आप क्यों नहीं कमाते...।"

"जितना कुछ कर सकता हूँ, करता ही हूँ। मेरे पास टाइम ही कहाँ है।"

"कुछ नहीं करते। सारा कुछ मुझ पर छोड़ रखा है। अपने हिस्से का काम भी...और मेरे बस में इससे ज्यादा करना है नहीं। छोटे भइया के यहाँ तो नौकर चाकर हैं। वहाँ तो एक महीने नहीं रह पातीं।"

"हमें इससे क्या मतलब...। जहाँ उनका मन लगे, वहाँ रहें। फिर यह तो उनका घर है...।"

"मुझे मालूम है कि आप यह बात जरूर कहेंगे। बाकी दोनों भइया के अपने घर और यह घर अम्मा का। इस घर में आप अपना लाखों रुपया लगा चुके हो पर घर अम्मा का ही रहेगा। इतने में तो हम अपना नया घर बनवा सकते थे।"

"अरे अम्मा क्या अपने साथ लेकर जाएँगी यह घर...।"

“पर घर तो अम्मा के ही नाम है।”

“पर अम्मा सबके सामने कह तो चुकी हैं कि यह घर मुकेश का होगा।”

“उनके कहने भर से मकान हमारे नाम तो नहीं हो जाएगा। कल को भइया-भाभी...?”

“बेकार की बात मत करो...। दोनों भइया पचास बार कह चुके हैं कि यह मकान मेरा ही रहेगा।”

“इस तरह कहने से क्या होता है। खुद ही तो बता रहे थे कि मकान ट्रांसफर कराना कितना बड़ा झमेला है।”

“हाँ, वक्त और पैसा तो खर्च होता ही है।”

“फिर करते क्यूँ नहीं आप?”

“देखो मीना, जब तक अम्मा जिंदा हैं, तब तक हिस्से बाँट की बात करना अच्छी बात नहीं है।”

“और उनके जाने के बाद अगर...?”

“..........”

“कम से कम अम्मा से तो अपने नाम इस घर को लिखवा लो...।”

“..........”

“तभी मुझे इस घर से कोई लगाव नहीं है।”

अम्मा को भी इस घर से लगाव काफी कम हुआ है पर खत्म नहीं होता....।

जिंदगी का तीन चौथाई हिस्सा इन्हीं चारदीवारियों में गुजरा है। जीवन का बड़ा अध्याय इन्हीं दीवारों पर इबारत की मानिंद छपा है। ब्याह, बच्चे, पति की मौत, एक-एक करके सभी का जाना...। अकेली घर में आई थीं और अब एकदम अकेली ही महसूस करती हैं। शायद सभी की यही नियति है। अम्मा कहती हैं कि जब तक शरीर है तब तक आदमी को जिंदा तो रहना ही पड़ता है। न चाहकर भी दाल रोटी खाना ही पड़ता है।

आदमी के साथ सभी घर अजनबी हो गए हैं। आदमी तो बदलता है पर ये निर्जीव, ईंट-गारे की इमारतें भी...? अम्मा हैरत करती हैं। हाँ, इस घर का परायापन उन्हें बहुत सालता है। शायद अच्छा ही है कि मुकेश ने इस घर में काफी बदलाव कर दिए हैं। ईंटों के स्थान पर अब आँगन में मुजैक है और बरामदे में क्रेजी.

..। कोठरियों को तोड़ कर दो बड़े कमरे बनाए गए हैं जिनमें बाथरूम अटेच हैं। जिस कमरे में अम्मा बाऊजी रहा करते थे, उसका अस्तित्व ही नदारद हो गया है। बस जमीन वही है। शायद जमीन भर का लगाव ही अम्मा में शेष है।

कभी-कभार बाऊजी अम्मा को 'मालकिन' कहकर संबोधित करते थे। अम्मा शर्मसार हो कर पूछतीं, "कैसी मालकिन...? ऐसी कौन-सी जमीन जायदाद दे दी है तुमने...?" तो बाऊजी प्यार भरे शब्दों में कहते, "अरे मेरे दिल और इस मकान की मालकिन हो तुम...।"

अम्मा लाज भरे शब्दों में कहतीं, "मुझे कोई शौक नहीं है मकान मालकिन बनने का...।" तब बाऊजी पूरी गंभीरता से समझाते उन्हें, "अरे रमेश की माँ, मेरे जाने के बाद यही मकान तुम्हें घर में आदर सत्कार दिलाएगा।"

"मेरा मरा मुँह देखो, अगर मुँह से ऐसे बोल निकाले...।"

अम्मा इस अप्रिय प्रसंग पर अधिक बात करना पसंद नहीं करती थीं।

रात छोटी बहू की बात सुन कर अम्मा को बाऊजी के कथन की सत्यता समझ में आई। एक तेज बेचैनी ने उन्हें अपनी गिरफ्त में जकड़ लिया है। जीवन के सारे संबंध, खून के सारे रिश्ते बेमानी हैं क्या...? क्या आधार है उनका...। स्वार्थ, संपत्ति याकि समाज...। पति के असमय निधन के बाद बड़े जतन से तीनों बच्चों को पढ़ाया-लिखाया और तीनों ने ही अच्छी नौकरियाँ भी पाईं। नाते-रिश्तेदार उनका उदाहरण दिया करते थे। कुछ सराहनावश तो कुछ ईर्ष्यावश कहा भी करते थे, "बच्चों के भाग्य को सँवारना कोई इनसे सीखे। देखना, अब राज करेंगी यह...।"

शायद आसपास के लोग आज भी यही सोचते हैं। अम्मा उनके भ्रम को तोड़ना नहीं चाहतीं।

स्नानादि से निवृत्त होकर उन्होंने मुकेश को अपने पास बुला लिया है।

"बेटा, इस मकान को तू अपने नाम करा ले। मेरे जीते जी यह काम हो जाए तो चैन से प्राण निकलेंगे मेरे। अब क्या भरोसा है इस शरीर का। किसी भी दिन साथ छोड़ दे...।"

मुकेश अवाक्, हतप्रभ-सा अम्मा के झुर्रियों भरे चेहरे को देख रहा है। शर्म और अपमान से उसका चेहरा झुक गया है। नीचे लगे मुजैक के स्थान पर उसे अपना पुराना ईंटों वाला आँगन नजर आने लगा है जहाँ एक ओर हैंडपंप लगा है। पास ही लकड़ी, कोयले और बुरादे की कोठरी है। ठोक-ठोंककर भरी बुरादे की अँगीठी पर पानी उबल रहा है। बीच में टँगी अलगनी पर कपड़े सूख रहे हैं। अम्मा

रसोई में चूल्हे पर रोटी सेंक रही हैं और बाऊजी पटे पर बैठ कर रोटी के बीच में घी भर कर उसके स्वाद में खोए हैं। बहनों के झगड़ने का शोर आ रहा है। अम्मा उन्हें जोर से डाँटती हैं। हम तीनों भाई छत पर किताबों में नजर गड़ाए हैं पर हमारे कान उमरीगर और बोर्डे की बेटिंग पर आ रही रेडियो कमेंट्री पर जमे हैं।

"पानी गर्म हो गया है। तुम लोग भी एक-एक करके नहा लो...।" अम्मा ने रसोई से ही पुकारा है।

हर तरफ अम्मा ही अम्मा...! और आज...!

बमुश्किल रोके आँसुओं से भरी आँखों से मुकेश ने अम्मा को देखा है।

...अम्मा इतनी सिकुड़ क्यों गई हैं...। पता नहीं क्यूँ, उसे इस पल अपने बचपन की गोल-मटोल, स्वस्थ-सुघड़ अम्मा की याद क्यूँ आ रही है। उसके पूरे शरीर में तेज झुरझुरी-सी हुई है। "ऐसे क्या देख रहा है। ठीक ही तो कहा मैंने...।" कहकर अम्मा अपने कमरे की ओर चल दी हैं।

"बहू, कुछ खिला दे...।" अजब से संतोष और अधिकार से उन्होंने कहा है।

अब वह बरामदे में पड़े तख्त पर आकर बैठ गई हैं।

अंदर बड़ा खालीपन महसूस किया है उन्होंने...।

पेट सचमुच खाली है...।

धुंध

गज़ब की ठिठुरन है, ठंड की महामारी चारों ओर फैल रही है। सिर्फ उत्तर प्रदेश में पाँच सौ से ज्यादा आदमी, औरतें और बच्चे मौत की नींद सो चुके हैं। यह प्रकृति का प्रकोप नहीं तो क्या है? किसी भी प्राकृतिक प्रकोप से इतने लोगों की जान जाना कोई साधारण घटना नहीं है। बाढ़ हो या सूखा, भूकंप या रेल दुर्घटना—किसी भी आपदा में पचास-सौ लोगों की मौत एक बड़ी खबर बनकर अखबार की सुर्खियाँ बनती है। लोग उस पर चर्चा करते हैं, भविष्य में उसकी रोकथाम के लिए आपदा प्रबंधन के लिए शोध पर करोड़ों रुपए खर्च किए जाते हैं। सरकारी, गैर सरकारी संस्थाएँ बढ़-चढ़ कर सहायता के लिए आगे आती हैं, पत्र-पत्रिकाओं में सहायता कोष बनते हैं और ये खबरें प्रमुखता के साथ अखबार, टी.वी. आदि में प्रकाशित, प्रसारित होती हैं—केवल अपने देश में ही नहीं, विदेशों में भी।

पर शीतलहर की मार की खबर अखबार के किसी कोने में पढ़ने को मिल जाती है—एक डेली सोप ओपेरा की तरह रोज मरने वालों की संख्या बढ़ती रहती है और सहायता के नाम पर स्थानीय तौर पर कुछ अदद कंबलों के वितरण के फोटोग्राफ या कुछेक स्थानों पर अलाव के इंतजाम की खबर...।

जनजीवन जैसे पूरी तरह पंगु हो गया है...। अदृश्य सूर्य ने जीवन में मानो धुंध भर दी है। छोटे बच्चों के स्कूल बंद हैं, बड़े बच्चों के स्कूल का समय बदल दिया गया है फिर भी उपस्थिति बहुत कम है। अफसर और बाबू ग्यारह, साढ़े ग्यारह तक बमुश्किल दफ्तर पहुँच पाते हैं और अगले एक घंटे मौसम के सर्द मिजाज़ पर ही तप्सरा करते हैं। अफसरों के कमरों में हीटर लगे हैं बशर्ते बिजली रानी की कृपा हो। बाबू लोग गुड़मुड़ी कर कुर्सी में धँसे रहते हैं। कोई कागज या फाइल सामने आने पर पहले पाँच मिनट तक हाथ रगड़ते हैं और तब झिझक

भरी नज़ाकत से ठंडे पैन को उँगलियों में थामते हैं।

ऐसे सर्द मौसम में रजाई के मोह से भला कौन मुक्त हो सकता है। मम्मी कई बार आवाज़ दे चुकी हैं किंतु विवेक रजाई की गर्माहट से एक पल भी वंचित होना नहीं चाहता। मन चाहता है कि स्कूल बंद हो जाए हालाँकि वह जानता है कि इससे उसे कोई राहत नहीं मिलेगी। आखिर क्लास ट्वैल्थ यानी बारहवीं का छात्र है वह—'वेरी क्रूशियल ईयर...।' रात-दिन मम्मी-पापा, अंकल-आंटी, टीचर-प्रिंसिपल, कोचिंग सर सबसे यही सुनने को मिलता है...। "बस एक साल जम कर मेहनत कर लो तो जिंदगी बन जाएगी", सुन-सुन कर विवेक के अंदर एक आतंक-सा फैल गया है। एक अनजान भय उसे झकझोर जाता है या गाहे-बगाहे अपनी गिरफ्त में ले लेता है। महीने जैसे दौड़ रहे हैं, जनवरी के बाद मार्च में बारहवीं की अंतिम परीक्षा और फिर मई में जे.ई.ई. यानी आई.आई.टी. का एंट्रेंस एग्जाम...।

अट्ठारह का होने जा रहा है वह—किशोरावस्था की आखिरी सोपान पर। इस नाते भी कुछ 'क्रूशियल' नहीं है यह वक्त। तमाम उमंगें, न जाने कितने ख्वाब, अंदर उमड़ती अनगिनत आकांक्षाएँ, चेतन-अचेतन सपने, और कैसी-कैसी सभ्य-असभ्य कल्पनाएँ अंतरंग में कम उत्पात नहीं करतीं...। आत्मा को अराजक बनाने की हद तक...। मन की मचलन को कौन काबू कर सका है भला...?

"यार, लोग अपनी जवानी के क्या-क्या किस्से सुनाते हैं...गैलेंट्री, एडवेंचर, एडवांसस, रोमांस, डेटिंग, फन, पार्टी, डिस्को...और हम...।" सत्यम कह रहा था कि एक दिन।

"हम, हमारी एक नहीं तीन महबूबाएँ हैं...फिजिक्स, कैमिस्ट्री और मैथ्स...।" आयुष ने ठहाका लगाकर उत्तर दिया।

कालिज का समय दस से तीन जरूर हुआ पर डी.एम. के आदेश की खबर सबसे पहले तिवारी सर को होती है। तिवारी सर ने कैमिस्ट्री कोचिंग का एक्सट्रा क्लास सुबह सात से नौ की घोषणा कर डाली। कुछ छात्र भुनभुनाए तो बिफर गए वह, "आई.आई.टी. में ऐसे ही एडमीशन नहीं हो जाता। चोटी बाँध कर पढ़ना पड़ता है। गर्मी, ठंड का इतना असर होगा तो भूल जाओ आई.आई.टी. को। बेकार माँ-बाप का पैसा बरबाद कर रहे हो।"

प्रातः सात बजे की कोचिंग का मतलब छह बजे बिस्तर छोड़ना और साढ़े

छह बजे घर से निकल पड़ना।...घने कोहरे के धुंध को चीरते हुए, बाईक पर ठंड के थपेड़े झेलते हुए...। दस्ताने के बावजूद हाथों की नसों तक में जैसे ठंड समा जाती है, आँखों से बहता पानी गालों पर आकर जम जाता है। क्लास में पहुँचने के काफी देर बाद तक उँगलियाँ लिखने से इंकार करती रहती हैं।

''लगता है सर रात में यहीं रहते हैं। रात ग्यारह बजे तक क्लास और सुबह हमसे पहले यहाँ होते हैं।'' मयंक ने कहा है।

''तभी तो शादी नहीं कर रहे हैं।'' एक अन्य लड़के ने टिप्पणी की।

''ऐसे बिजी और वर्क अल्कोहलिक आदमी से कौन शादी करेगा...।'' कमेंट्स देने में लड़कियाँ भी पीछे नहीं रहतीं।

सब जानते हैं कि अध्ययन-अध्यापन में तिवारी सर कितने सख्त हैं। कोचिंग के पहले दिन ही कह दिया था, ''तीन सौ पैंसठ दिन में एक दिन भी एब्सेंट मत होना वरना जिंदगी भर पछताओगे। मौज, सैरसपाटा, आउटिंग, शादी-ब्याह, तीज-त्योहार सब भूल कर मेरी कोचिंग ज्वायन करो।''

एक दिन आयुष को किसी जरूरी काम से बाहर जाना पड़ा तो पहले रात के ग्यारह बजे फोन कर उसके पिता से शिकायत की, ''देखिए साहब, ऐसी लापरवाही से आई.आई.टी. में सलेक्शन नहीं हो सकता। आप लोगों को भी सख्ती करनी होगी।'' और फिर आयुष की क्लास ली, ''फिल्म देखने गए होगे या किसी की बर्थडे पार्टी होगी...। किसी लड़की का चक्कर-वक्कर तो नहीं है। तुम्हारा कुछ नहीं हो सकता। फिर मत रोना...।''

इसके छह महीने तक उस अनुपस्थिति को लेकर आयुष को ताने सुनने पड़े...''पहले घूम फिर लो...। जे.ई.ई. तो हर साल होता है....,'' या ''सीरियस न होने का यही रिजल्ट होता है, टेस्ट में अपनी परफार्मेंस देख रहे हो? मेन तो छोड़ो, प्रिलिम्न्स भी क्वालीफाई नहीं कर पाओगे...।''

आज भी क्लास में घुसते ही कुछ लड़कों को झिड़क दिया है, ''ठंड से ऐसे सिकुड़े जा रहे हैं जैसे बदन में खून की जगह पानी है जो जमा जा रहा है।'' एक लड़की हाथ रगड़ रही थी तो कहने लगे, ''यहाँ हाथ मलने से अच्छा है घर में रहकर आटा मलो। मम्मी को भी अच्छा लगेगा।'' एक लड़के ने जम्हाई ली तो उस पर झपट पड़े, ''रात में सोते थोड़े ही होगे। करीना कपूर के ख्वाब देखते होगे।''

''जी सर।'' उसने भी उतनी ही गंभीरता से उत्तर दिया।

''कभी कैमिस्ट्री के ख्वाब नहीं देखते।''

"सर, दिन में भी कैमिस्ट्री और रात में भी उसके ख्वाब देखें तो फिर घर जाकर सोने की जरूरत ही क्या है।" लड़का अभी भी गंभीर है।

पूरा क्लास ठहाका मार कर हँस दिया है।

कोचिंग से लौटने पर एक हड़बड़ी-सी रहती है क्योंकि कालिज पहुँचने के लिए वक्त की खासी तंगी है। वैसे ऐसी ही जल्दबाजी कालिज से लौटने पर भी होती है क्योंकि तब अगली कोचिंग का समय एकदम निकट आ जाता है। मम्मी ने सैंडविच मेज पर रख दिया तो चलते-फिरते, कमीज के बटन बंद करते, टाई की नॉट बाँधते या फिर मोजे जूते पहनते सैंडविच कुतरने का काम जारी रहता है। उस समय हाईजीन या स्वच्छता की सारी सीख दरकिनार हो जाती है। चाहते हुए भी मम्मी टोक नहीं पातीं क्योंकि वह जानती हैं कि तब विवेक का खाली पेट जाना तय है।

कालिज में भी प्रीबोर्ड का भूत छाया हुआ है। फादर ने चेतावनी दी है कि जिस छात्र के प्रीबोर्ड में साठ प्रतिशत से कम अंक आएँगे, उन्हें बोर्ड की परीक्षा में सम्मिलित नहीं किया जाएगा।

विवेक और उसके सभी साथी इस चेतावनी की गंभीरता को बखूबी समझते हैं। वे यह भी जानते हैं कि कालिज की आंतरिक परीक्षा में साठ प्रतिशत अंक लाना आसान नहीं है। छमाही परीक्षा में लगभग पिचहत्तर फीसदी लड़के किसी-न-किसी विषय में फेल थे।

"अब क्या होगा...?" आयुष ने परेशान होकर कहा, "मैंने तो आई.एस.सी. कोर्स पर ध्यान ही नहीं दिया है। कोचिंग वाले सर सिर्फ आई.आई.टी. के हिसाब से पढ़ाते हैं। किताबें तक अलग हैं, स्कूल की किताब से कुछ पूछो तो डाँटते भी हैं और मजाक भी उड़ाते हैं..., इस गधे को देखो। इसे बेसिक्स ही नहीं पता, या फिर आई.आई.टी. में यह सब नहीं पूछा जाता...।"

"हाँ यार...।" विवेक आयुष की पीड़ा का सहभागी है, उस दिन वर्मा सर से एक न्यूमेरिकल पूछा तो बिगड़ गए, "मुझसे इंटर के कोर्स की बात मत करो और कालिज वाले सर के सामने तो कोचिंग का नाम लेना ही गुनाह है...।"

कोचिंग के चलते कालिज के अध्यापकों के ट्यूशन पर काफी खराब असर हुआ है। इसे लेकर अधिकतर टीचर अच्छे छात्रों से भी चिढ़े रहते हैं। छमाही में विवेक के फिजिक्स में कम अंक आए तो मेहरा सर ने खूब खिंचाई की, "वर्मा

की कोचिंग में क्या पढ़ते हो? जब इंटर का कोर्स नहीं कर सकते तो इंजीनियरिंग में खाक आओगे... ।''

क्लास के दस लड़कों ने तुरंत उनसे ट्यूशन आरंभ कर दी।

प्रीबोर्ड में साठ प्रतिशत अंक को लेकर छात्रों में खासा तन।व है। कई लड़के गुटके के पाउच खाली करने लगे तो कुछेक सिगरेट के धुएँ में अपने तनाव को उड़ाने का प्रयास कर रहे हैं। पिछले साल पाँच बच्चों को फाइनल परीक्षा देने से रोक दिया गया था। उनमें से ज्यादातर लड़कों के कक्षा दस में पिचहत्तर फीसदी या अधिक अंक थे। बमुश्किल एक नए कालिज से वे परीक्षा में शामिल हो पाए थे। उनमें से एक लड़का फेल हो गया। नहर में कूदकर उसने आत्महत्या कर ली। बाद में सुना गया कि फिजिक्स के प्रैक्टिकल में उसे केवल दो अंक मिले थे क्योंकि प्रैक्टिकल लेने इसी कालिज के मेहरा सर गए थे जिनसे ट्यूशन लेने से उसने मना कर दिया था।

कालिज में अध्यापन लगभग शून्य है। अध्यापकों के अनुसार कोर्स समाप्त किया जा चुका है हालाँकि छात्र कई अध्यायों के बारे में आज भी उतने ही अनभिज्ञ हैं जितना वर्ष के आरंभ में। कुछ पूछो तो ''सेल्फ स्टडी'' का पाठ पढ़ाया जाता है और फिर नसीहतों की झड़ी, ''बच्चे नहीं हैं आप। क्लास में सब कुछ नहीं पढ़ाया जा सकता। खुद पढ़िए और जो न समझ में आए हमसे पूछिए... ।'' कैमिस्ट्री के बनर्जी सर की तरह हर कोई कहता है। लड़के जानते हैं कि ''हमसे पूछिए'' का स्थान कालिज नहीं बल्कि सर का घर है। यानी ट्यूशन। ''यार, मैंने तो दो महीने के लिए सब टीचर्स की ट्यूशन कर ली है–फिजिक्स, कैमिस्ट्री, कंप्यूटर तीनों की। आखिर प्रैक्टिकल के मार्क्स का सवाल है।'' सत्यम ने विवेक से कहा है। उसकी दाढ़ी बढ़ी हुई है, रूखे बाल वाले चेहरे पर आँखों में कीचड़ जमा है।

''यार।'' पास खड़ा हसन कहता है, ''तुम्हारे पैरेंट्स अफोर्ड कर सकते हैं। मेरी अम्मी ने तो अपने जेवर बेचकर कोचिंग के पचास हजार दिए थे... ।'' उसके चेहरे पर उदासी छलक आई है, आवाज में भारीपन आ गया है, ''उन्हें उम्मीद है कि मैं जरूर सलेक्ट हो जाऊँगा। वी नो, इतना आसान नहीं है। फर्स्ट एटेम्पट में कितने लड़के आते हैं। समझ में नहीं आता कि कैसे समझाऊँ उन्हें। सलेक्शन न होने पर कैसा लगेगा उन्हें। फिर एक साल की घर बैठकर तैयारी और कोचिंग की फीस... ।''

उसके स्वर में दर्द उतर आया है। चेहरा विवर्ण हो गया है।

कमोबेश यही पीड़ा सभी लड़कों की है, आर्थिक संपन्नता के बावजूद...। आकांक्षाएँ और उससे भी अधिक अपेक्षाएँ...। पूरा साल घर में बैठकर तैयारी करना कितना त्रासद है और उस पर अनिश्चितता का भँवर...?

विवेक जानता है उसके भविष्य को लेकर मम्मी-पापा कितने चिंतित रहते हैं। नाते-रिश्तेदार, दोस्त-सहकर्मी सभी को पता है कि टंडन साहब का लड़का आई. आई.टी. की परीक्षा दे रहा है क्योंकि किसी भी मेल-मुलाकात या बातचीत में देर-सबेर यह मुद्दा आना लाजमी है।

मम्मी ने किटी पार्टी छोड़ दी हैं। पिछले एक साल में वह नानी से मिलने तक नहीं गयी हैं। विवेक के कहीं बाहर जाने का सवाल ही नहीं है। गर्मियों की छुट्टी भर कोचिंग का इतना दबाव रहा कि एक दिन के लिए भी बाहर जाना नामुमकिन था। सभी न्योतों, आमंत्रणों का एक ही उत्तर है, "विवेक का इंटर है, आई.आई.टी. भी देना है...। अब तो उसके हॉस्टल में जाने पर ही मुक्ति मिलेगी...।"

मुक्ति विवेक की है या मम्मी-पापा की, उसे समझ ही नहीं आता। एक नए तरह का दबाव महसूस करता है विवेक। उसे लगता है कि मम्मी-पापा के दयनीय जीवन के लिए वही जिम्मेदार है...। आखिर क्यों...? एक बार मम्मी से कहा था उसने, "नानी से मिलने चली क्यों नहीं जातीं? आपका भी चेंज हो जाएगा। मैं बच्चा थोड़े ही हूँ अब...।"

"नहीं बेटा...।" मुस्कराकर कहा मम्मी ने, "बड़ा क्रूशियल साल है...। तेरी नैया लाइन पर लग जाए तो बस सबसे मिलने के लिए फ्री...।"

समय से उठना-उठाना, सही वक्त पर नाश्ते-खाने का इंतजाम और सर्दी-गर्मी और सेहत के लिए रोजमर्रा की नसीहतें...। मम्मी का पूरा वक्त इसी में गुजरता है। आफिस के अलावा पापा का भी कहीं आना-जाना बंद है। इतना ही नहीं, आने-जाने वालों पर भी पाबंदी है। चाचा और मौसी दोनों से कह रखा है कि आई.आई.टी. के इम्तहान के बाद ही उनके बच्चे लखनऊ आएँ। गर्मियों भर विवेक अकेला ही रहा...। उसके कहीं बाहर जाने का तो सवाल ही नहीं था और किसी के आने पर एक अघोषित प्रतिबंध...। मनोरंजन के नाम पर बस टी.वी. है हालाँकि उसे लेकर भी कम टोका-टाकी नहीं थी...।

कालिज छूटने और वर्मा सर की फिजिक्स क्लास के बीच सिर्फ एक घंटे का अंतराल है। नजदीक होने के कारण विवेक घर आकर कपड़े बदलकर खाना खा लेता है ...भले ही हड़बड़ी में। काफी लड़के-लड़कियाँ सुबह कोचिंग से कालिज और कालिज से कोचिंग के बाद रात लगभग आठ बजे ही घर लौटते हैं—पूरे तेरह घंटे बाद ...। ठंडा खाना या बर्गर, फ्रैंकी, पैटीज, और कोक आदि से पूरा दिन गुजरता है।

मम्मी खाना खाते हुए उसे देख रही हैं।

"अच्छी तरह खाना खाया कर...। फास्ट फूड, पिज्जा, बर्गर से पेट भर जाता है पर ये सब बदन में नहीं लगता...।"

विवेक जानता है कि मम्मी उसके स्वास्थ्य को लेकर काफी सावधान रहती हैं। उनका बस चले तो उसकी जेब में चाकलेट की जगह काजू, पिस्ता रखें और दोनों वक्त बादाम युक्त दूध। "इससे दिमाग अच्छा रहता है, याददाश्त बढ़ती है।" "मेरी मेमोरी खराब तो नहीं है...।" विवेक ने कहा एक दिन तो बोलीं, "बेटा आई.आई.टी. एग्जाम में बड़ा दिमाग चाहिए...। बड़ा टफ कम्पटीशन है।"

एक झुरझुरी-सी उसके बदन में दौड़ जाती है। भोजन सामने से जैसे लुप्त हो जाता है।

वर्मा सर की, कोचिंग में थोड़ा जल्दी पहुँचना जरूरी है वरना या तो बैठने की जगह नहीं मिलती और या कहीं पीछे जहाँ से न दिखलाई दे, न सुनाई। तीन सौ से अधिक छात्रों का क्लास है, वह भी एक बैच...। दिन भर में चार बैच लगते हैं। कभी सभी बैचेज़ को एक साथ पढ़ाना होता है तो शहर के बड़े सभागार रवींद्रालय में क्लास होती है।

"सर...।" एक लड़के ने खड़े होकर कहा है, "प्रीबोर्ड आ गया है। एक वीक के लिए क्लास...।"

"क्या बोर्ड, प्रीबोर्ड की बात करते हो...।" वर्मा ने उसे बीच में ही झिड़क दिया है, "आई.आई.टी. पर ध्यान दो। ट्वैल्थ के मार्क्स को आई.आई.टी. में कोई पूछता नहीं है।"

वर्मा सर जोर से हँस दिए हैं, फिर डपटते स्वर में कहा है, "बेवकूफ अगर उसे भी पास करने के लाले पड़े हैं तो आई.आई.टी. का ख्याल निकाल दो दिमाग से...।"

विवेक सहित अधिकांश छात्र इसे लेकर खासे परेशान व उलझन में हैं। अंदर जैसे एक धुंध सी जमा है। सब सोचते हैं कि बारहवीं में अस्सी फीसदी अंक आना तो अनिवार्य है। यह भी तो जीवन का एक स्थायी परीक्षाफल है।

कल रात ही पापा समझा रहे थे, ''बेटा बोर्ड एग्जाम सिर पर है। पीसीएम के अलावा बाकी दोनों सब्जेक्ट्स पर भी ध्यान दो। एट्टीफाइव परसेंट से कम मार्क्स नहीं आना चाहिए वरना कहीं भी एडमीशन नहीं मिलना...।''

विवेक जानता है कि पापा अन्य विकल्प भी खुले रखना चाहते हैं। अपने दोनों पैरों को दो नावों में सवार अनुभव करता है विवेक। एक पाँव जमाओ तो दूसरा डगमगाता महसूस होता है और दूसरे पर ध्यान दो तो पहला कमजोर, ढुलमुल...। सब चीजें बड़ी गड्डमड्ड-सी लगने लगती हैं उसे...।

घर लौटते-लौटते रात खासी गहराने लगी है। कोहरे का धुंध फिर सड़कों को अपने में समेटने लगा है। यातायात सुस्त पड़ गया है—विवेक की तरह क्लांत...।

पापा से दिन की पहली मुलाकात हुई है।

''पढ़ाई कैसी चल रही है?'' खाने की मेज पर रोजमर्रा की तरह पापा ने पूछा है।

''ठीक है पापा...।''

''बेटा, कंप्यूटर पर जरूर ध्यान देना। स्कोरिंग पेपर है। चाहो तो, दो महीने के लिए कोई कोचिंग ज्वायन कर लो।''

''जी पापा। बात की है मैंने।''

पूरे दिन किताबों से जूझने के बाद इससे अधिक बात करने का मन नहीं है उसका। रात्रि भोज के बाद विवेक जी इंग्लिश पर 'फ्रेंड्स' देख रहा है।

पापा मम्मी से कहते सुनाई पड़ते हैं, ''सोचता हूँ मई तक केबिल कटवा दूँ। विवेक का काफी वक्त टी.वी. में जाया होता है।''

संक्रमण

सतीश बाबू ने उस भारी-भरकम फाइल को एक बार फिर पढ़ना शुरू किया। बड़े साहब ने उस पर एक विस्तृत नोट बनाने का आदेश दिया है। नोट कल सुबह तक दिखलाया जाना है पर सतीश बाबू दो वजह से इसे अभी निपटाना चाहते हैं। एक तो शुरुआती नौकरी में ही उनके उस्ताद ने उन्हें सिखलाया था कि अधिकारी ने गर कोई जरूरी काम सुपुर्द किया हो तो उसे निपटाकर ही दफ्तर छोड़ो बेशक उसकी माँग अगले दिन की गयी हो वरना रात को खाना तो छोड़िए नींद तक हराम हो जाती है। सतीश बाबू को इस सीख में हमेशा सच्चाई नजर आई। कोई काम पेंडिंग छोड़ कर चले जाओ तो अंदर एक अजीब-सी बेचैनी कुलबुलाती रहती है।

पर अब एक दूसरा सबब भी कम हावी नहीं रहता उन पर...। उन्होंने घड़ी पर नजर डाली। सात बज चुके हैं। दफ्तर में अकेले वही मौजूद हैं। वैसे भी परिक्षेत्रीय स्तर का छोटा-सा दफ्तर है यह। कुल जमा एक बड़ा बाबू और पाँच बाबू तैनात हैं यहाँ। हर दफ्तर की तरह यहाँ भी पचास फीसदी स्टाफ नाकारा और काहिल है जिनकी निगाह घड़ी पर टिकी रहती है। पाँच बजे नहीं कि फिर नीचे की बवासीर कुर्सी पर टिके रहने में पीड़ा देने लगती है या फिर पेट में मरोड़ उनमें उखाड़ पछाड़ करने लगता है। नौकरी उनकी भी ठीकठाक चलती रहती है। पचास तर्क हैं उनके पास। सरकार दस से पाँच तक काम की तनख्वाह देती है, घर की जिम्मेवारियाँ भी तो देखनी हैं, काम के साथ कुछ मनोरंजन भी तो कितना जरूरी है, अंग्रेज कह गए हैं—ऑल वर्क एण्ड नो प्ले..., वगैरह, वगैरह...।

सतीश बाबू ने फाइल का अध्ययन पूरा कर लिया है। महत्त्वपूर्ण संदर्भों पर पताका जड़ दी है, अपनी नोट बुक में कुछ लिखते भी जा रहे हैं। उन्होंने कलम नीचे रख कर एक तेज अँगड़ाई ली है और दिन भर की थकान और ऊब को

झाड़ने का प्रयास किया है। फिर जेब से गुटके का पाउच निकालकर उसे अपने मुँह में खाली कर डाला है। चबड़ चबड़ मुँह चलाया तो उसका किक ऊपर तक महसूस करने लगे। दिमाग की नसें जैसे चटखने लगी हैं। धीरे-धीरे मुँह में पीक जमा होने लगा है और तब वह आंनद में सराबोर महसूस करने लगे। पास रखे कूड़ेदान में पीक उगलकर उन्होंने राहत महसूस की और तब फाइल में नजरें जमा दीं। कुछ देर काम में मन लगा रहा कि तभी उन्हें याद आया कि आज सुबह सौरभ ने अपनी यूनीफार्म का नया स्वेटर खरीदने का अल्टीमेटम दिया था।

"कितना टाइट हो गया है पापा, फेड्ड भी...। पहनने में शर्म आती है। एट्र्थ से पहन रहा हूँ। आज मुझे नया स्वेटर दिलवाइए, नहीं तो कल मैं स्कूल नहीं जाऊँगा...।"

"अरे बेटा, सेशन में बस दो महीने बचे हैं। अगली साल एलेवंथ में नया स्वेटर दिलवा दूँगा। वैसे भी अब सर्दी के दिन ही कितने बचे हैं...।"

"अभी पूरे एक महीने स्वेटर पहनना है पापा, अब मैं इसे नहीं पहन सकता...।" सौरभ का स्वर रुआँसा हो गया।

"बेकार की जिद मत कर सौरभ...," सतीश बाबू ने अपने तेवर बदले, "छोटा बच्चा नहीं है तू। महीने का आखिर चल रहा है, कहाँ से आएगा स्वेटर...।"

सौरभ बुरा-सा मुँह बनाकर दूसरे कमरे में चला गया।

यह कोई नयी घटना नहीं थी, शायद किसी भी परिवार में भी नहीं। प्रायः रोज ही दोनों बच्चों की कोई-न-कोई नयी माँग रहती। कभी सतीश तो कभी आशा उन्हें समझाते-बुझाते। पर इस समझाने-बुझाने के साथ कुछ-न-कुछ नया भी होता जाता था। बच्चों की जिद का नतीजा था कि पुराने टी.वी. को कंडम कर सौ चैनल का नया कलर टी.वी. घर में आ गया था जिसकी हजार रुपए की किश्त घर के बजट को अस्तव्यस्त कर देती है। इससे पहले वाशिंग मशीन और कूलर भी इसी तरह खरीदे गए हैं और अब नंबर वन पर है सौरभ की बाइक...।

हर बार कुछ नया खरीदने पर घर की अर्थव्यवस्था तो चरमरा जाती ही है, एक अजीब तरह का अवसाद भी उनके मन को घेर लेता है। सीमित साधनों के बावजूद आखिर हर भौतिक सुख पाने की इच्छा क्योंकर उन पर हावी हो जाती हैं। हर दूसरे व्यक्ति से अपनी तुलना भला क्यों करने लगते हैं वो..?

सतीश बाबू ने घड़ी की ओर नजर डाली। आठ बज चुके हैं। उन्होंने राहत की एक लंबी साँस ली। अब दुकान बंद होने का बहाना काम आ जाएगा। सौरभ

को डाँटने के बावजूद मन में पीड़ा तो रहती ही है। पर अपने पर भी गुस्सा कम नहीं आता। सरकार का तृतीय श्रेणी का कर्मचारी जिसकी कुल तनख्वाह छह हजार है लेकिन ख्वाब, सपने और आकांक्षाएँ...।

सौरभ के कक्षा नौ में प्रवेश को लेकर घर में खासा तनाव रहा था। आशा पिछले एक साल से उसके पीछे पड़ी थी—जयपुरिया में एडमीशन कराने की जिद।

''फीस जानती हो, पूरे हजार रुपए महीने और बस का चार सौ अलग...। फिर दो साल बाद सुरभि के लिए भी यही कहोगी। तब क्या होगा। तीन हजार कहाँ से लाएँगे...।''

आशा भला क्या उत्तर देती। एक अवसाद भरी चुप्पी उन दोनों को घेरे रही। जयपुरिया के रिजल्ट और ख्याति देखकर उसके मन में कम साध नहीं थी सौरभ को वहाँ पढ़ाने की। हर साल आठ-दस बच्चों का आई. आई. टी. और पी. एम. टी. में चयन का समाचार पढ़ कर सतीश बाबू का मन भी कम उद्वेलित नहीं होता था। सौरभ बुद्धिमान और परिश्रमी छात्र था और अक्सर उसके अध्यापक कहते थे कि उसका आई. आई. टी. में चयन हो सकता था।

''तेरा सोचना ठीक ही है आशा,'' सतीश बाबू ने एक लंबी सांस लेते हुए कहा, ''बच्चों के लिए ही तो हर कोई काम करता है। कुछ खर्चे कम कर लेंगे। बच्चे अच्छी जगह पढ़ लेंगे तो इनके साथ हमारी जिंदगी भी सुधर जाएगी।''

''और बस के खर्चे की क्या जरूरत है, दोनों पर साइकिल तो हैं ही।''

अर्थ के समस्त गणित को मन से झुठलाते हुए सौरभ का जयपुरिया में प्रवेश करा दिया गया। अगले वर्ष सुरभि का एडमीशन भी उसी स्कूल में हो गया। अब तनख्वाह का एक तिहाई हिस्सा बच्चों की फीस में निकल जाता। उस पर बच्चों के रोज-रोज नए खर्चे...। किताबें, रजिस्टर, तरह-तरह के कालिज के प्रोग्राम-राहत कोष, हेल्पेज सोसाइटी, स्लम इम्प्रूवमेंट कार्यक्रम आदि आदि...। गुजरात त्रासदी के लिए चंदा जमा करने की माँग हुई तो दोनों बच्चे सौ रुपए से कम जमा करने के लिए तैयार ही नहीं हुए।

''पता है पापा, बच्चों ने पाँच सौ, हजार तक दिए हैं। सौ रुपए से कम तो कोई नहीं देगा।''

''बेटा बच्चों के लिए पचास भी काफी होते हैं।'' सतीश बाबू ने समझाना चाहा।

''नहीं पापा,'' इस बार सुरभि बोली, ''मेरी क्लास टीचर ने कहा है कि सौ से कम कोई नहीं लाएगा।''

"कह देना हमारे पापा की एक दिन की तनख्वाह भी कट गयी है।"

"हम नहीं कह सकते ये सब...।" सौरभ ने रुँआँसे स्वर में कहा।

जाड़ों की छुट्टियों में सौरभ के क्लास का टूर राजस्थान गया तो पूरे एक हजार रुपए जमा कराने थे। सतीश और आशा दोनों ने ही उसे समझाया। वह मान तो जरूर गया पर एक दिन दुखी मन से कहा था उसने, "आपने हमारा एडमीशन ऐसी जगह क्यों कराया जहाँ का खर्चा बस के बाहर है। पूरा क्लास टूर पर जाए और मैं न जाऊँ...। क्या कहूँगा अपने फ्रेंड्स से...?"

सतीश बाबू ने भी सुना था। सौरभ के कथन में सच्चाई नजर आई थी उन्हें। वह खुद एक क्लर्क के बेटे हैं। उनके शहर में भी मांटेसरी और इंग्लिश स्कूल थे जहाँ पढ़ना समाज में प्रतिष्ठा का प्रतीक माना जाता था लेकिन बाऊजी ने उनका प्रवेश चुंगी के विद्यालय में कराया था। वो क्या पूरे मुहल्ले के बच्चे ही वहाँ पढ़ते थे जिनमें कुछ अच्छे व्यापारी भी थे। घर से स्कूल करीब डेढ़ किलो मीटर दूर था पर सब बच्चे उछलते-कूदते पैदल ही जाया करते थे। एकाध रुपए फीस थी, दसेक रुपए में सारी किताबें-कापियाँ आ जाती थीं।

अब स्थिति बदल गयी है। अब हर आदमी अपने बच्चे को अंग्रेजी स्कूल में भेजता है। अब उन नगर पालिका के स्कूलों में कौन पढ़ता होगा...?

घर जाने का मन हुआ तो सतीश बाबू ने एक सिगरेट सुलगा ली। वैसे भी अब घर पर सिगरेट पीना वह कम कर रहे हैं। सुरभि को खास एतराज है उनकी स्मोकिंग पर...। जेब से केप्स्टन की डिब्बी निकाल कर उन्होंने सिगरेट सुलगाई। अभी तीन साल पहले तक वह बीड़ी से काम चला लेते थे। आज भी बीड़ी पसंद है उन्हें। पर एक दिन बीड़ी मँगाने पर सौरभ बिफर गया।

"पापा, पीना है तो सिगरेट पिया कीजिए। आपके बीड़ी पीने से मुझे शर्म आती है।"

"क्यूँ भला, पीता मैं हूँ शर्म तुझे...। बीड़ी कम नुकसानदायक है और फिर सस्ती है।"

"यह सब मैं नहीं जानता। परसों पड़ोस का गुड्डू कह रहा था कि तुम्हारे पापा बीड़ी पी रहे थे तो मुझे बहुत शर्म आई।"

मन-ही-मन उन्हें बहुत गुस्सा आया। पर उसके बाद जब भी बीड़ी हाथ में लेते तो एक हीन भावना उन पर भी सवार होती। एकाध बार की टोकाटाकी से

वह सिगरेट पर आ गए। दस रुपए रोज का खर्चा बढ़ गया। अब जब सिगरेट हाथ में लेते हैं तो एक झुँझलाहट-सी महसूस करने लगे हैं। बच्चों की इस अनावश्यक दखलअंदाजी से कभी त्रस्त भी अनुभव करते हैं। उस दिन सुरभि कहने लगी कि पापा चप्पल पहनकर ऑफिस क्यूँ जाते हैं। एक दिन आशा से कह रही थी कि पापा के लिए रेडीमेड शर्टस और ट्राउजर्स खरीदिए। सतीश बाबू को याद नहीं कि कभी उन्होंने अम्मा-बाऊजी को इन चीजों के लिए टोका हो या ऐसा महसूस ही किया हो। बाऊजी कचहरी में बाबू थे, जैसे साधन थे वैसा ही खर्चा करते थे। हमेशा सूती कमीज या फिर पजामा कुर्ता। बाहर बीड़ी और घर पर हुक्का, कचहरी साइकिल से आते-जाते थे हालाँकि स्कूटर का चलन आरंभ हो गया था। उन्होंने तो नौकरी में आते ही स्कूटर ले लिया था, उन्हें खुद ही जरूरत महसूस होने लगी थी। इसमें तो बच्चों को दोष नहीं दे सकते वो। हाँ, एक दिन सौरभ को आशा से कहते सुना था, ''मम्मी, पापा से कहो कि इस खचड़े को बेचकर एक अच्छी बाइक ले लें।''

उन्हें बुरा भी लगा था। पर अब जब वो अपने कार्यालय के क्लास फोर को चमचमाती हीरो होंडा में आते देखते हैं तो सौरभ की बात में कोई खोट नजर नहीं आती। मन उनका भी ललचाने लगता है।

सतीश बाबू साढ़े आठ बजे घर पहुँचे हैं। दोनों बच्चे कमरे में पढ़ रहे हैं। आशा रसोई में व्यस्त है। सतीश बाबू ने कमीज उतारकर हाथ-मुँह धोए और चाय की तलब महसूस लगे। हालाँकि अब खाने का वक्त भी हो चला है। पर यह आदत शादी के बाद से ही आशा ने डाली थी कि ऑफिस से लौटने पर उसके साथ चाय जरूर पिएँ। उसी वक्त दिन भर की रपट वह पेश करती थीं।

आशा चाय लाकर उसके पास आकर बैठ गयी है।

'इत्ती देर से क्यूँ आते हो? कोई भी तो नहीं रहता आफिस में...।'

सतीश बाबू धीमे से मुस्करा दिए हैं। निःशब्द रहकर चाय सुड़क रहे हैं।

''सौरभ बहुत नाराज हो रहा था। आज सुबह स्वेटर लाने के लिए कहा था न। मैंने कहा था कि पापा लेकर आएँगे। अब तो सब दुकानें भी बंद हो गयी होंगी।''

''बस पापा को भिड़ा दिया करो। अरे समझाना था कि मुश्किल से दस-पंद्रह दिन की बात है। अगले साल नया आ ही जाएगा।''

आशा ने एकाएक कोई उत्तर नहीं दिया। धीरे-धीरे चाय पीती रही और फिर धीमे स्वर में बोली, 'स्वेटर अच्छा तो नहीं लगता। अब बड़ा हो गया है न। टाइट भी है और रंग भी खराब हो गया है। मैंने आज से आधा किलो दूध कम कर दिया है। इस महीने में दूध के पैसे कम देने होंगे। तुम उसे स्वेटर दिलवा दो। आजकल स्कूल के नाम पर उसे बस स्वेटर ही याद आता है।''

सतीश बाबू पहले अंदर-ही-अंदर झुँझलाए और फिर मन-ही-मन मुस्करा दिए हैं। क्या लाभ हुआ आफिस में दो घंटे सर खपाने का...? दो सिगरेट और दो गुटके खाने का...। इसी सब से बचने के लिए ही तो वह देर तक आफिस में जमे रहते हैं जिससे बच्चों की किचकिच से दूर रहें। हर रोज की नयी-नयी माँगों से अपने को बचाए रखें। एक दिन बड़े साहब तक ने टोक दिया था, ''सतीश, वक्त से घर जाकर बच्चों के साथ रहा करो।'' उस दिन उन्हें अपने पर बड़ी शर्मिन्दगी भी महसूस हुई थी। तब से एक अपराध बोध उन्हें लगातार जकड़ता रहता है पर अगले दिन शाम होते ही वह फिर ऑफिस में जमे रहते हैं।

चाय खत्म करके उन्होंने सौरभ को पुकारा है।

''कल स्वेटर आ जाएगा तेरा। चाहे तो तू खुद जाकर कोहली के यहाँ से ले लीजो।''

''पापा, पचास रुपए चाहिए। दो पैन लेने हैं।''

''पचास रुपए में दो पैन...?''

''पापा, अच्छे पैन इतने के ही मिलते हैं।''

''पर आजकल रोज तो अखकार में पाँच-सात रुपए के पैन का विज्ञापन निकलता है। वो क्यों नहीं इस्तेमाल करता।''

''पापा, मजा नहीं आता। उनमें वो फ्लो नहीं है। और फिर सब बच्चे...।'' कहते-कहते सौरभ शांत हो गया है। जानता है यह सुनना पापा को कतई पसंद नहीं। यह सुनकर पापा अब कुछ कहते नहीं हैं पर एक अजब-सी जड़ता उनके चेहरे पर नजर आने लगती है। एक संवादहीनता उनके बीच आकर जम जाती है।

पर यह क्या पापा आज मुस्करा रहे हैं। जानते हैं कि वह किसे दोष दें—बच्चों को या खुद को...? महत्वाकांक्षाएँ उनकी भी कम कहाँ हैं। आशा भी कौन पीछे है। पुराना फ्रिज बदलने के लिए न जाने कब से रट लगाए हुए है। गर्मी शुरू हुई नहीं कि यह मोर्चा खुल जाएगा...। सतीश बाबू जानते हैं कि इस बार यह खर्चा करना ही पड़ेगा।

"चलो खाना खाओ। सुरभि को भी बुला लो...।"

डायनिंग टेबल पर सलीके से प्लेटें सजी हैं। यह मेज भी करीब तीन साल पहले सुरभि की जिद से ही आई थी।

"पापा, मुझे भी पचास रुपए चाहिए।"

"तुझे क्यों...?"

वह नीचा मुँह किए मुस्करा रही है।

"मैंने माँगे हैं तो यह क्यूँ पीछे रहेगी।" सौरभ तंज भरे स्वर में कहता है।

"मेरे हाफइयरली में हाइयेस्ट मार्क्स आए हैं न, इसलिए फ्रेंड्स को ट्रीट देनी है।"

"बाद में दे देना, अभी भइया का स्वेटर लेना है।" आशा ने समझाया है।

"तो फिर इसे पैन क्यों...?"

"मुझे जरूरत है।" सौरभ तेज आवाज में कहता है।

"हर महीने चार पैन लेता है।"

"लिखता हूँ, खाता नहीं...।"

"मुझे क्या पता, मैं अपने फ्रेंड्स पर पचास रुपए नहीं खर्च कर सकती...।"

उसकी आँखों से आँसू छलक आए हैं। चेहरे पर मानो जिंदगी के सारे गम जुट गए हैं। वह उठकर जाने लगी है।

"चल खाना खा, साथ बैठे नहीं कि झगड़ा शुरू...।'

सतीश बाबू की कमजोरी है सुरभि। उनका दिल पसीज आया है।

"तू भी पचास रुपए ले लेना, और बस अब इस महीने में और कोई खर्चा नहीं करना...।"

चारों नीचे मुँह किए खाना खा रहे हैं।

कुछ और भी

अविनाश पसोपेश में था। एक तरफ अम्मा की जिद थी, उससे जुड़ी तमाम हकीकतें थीं, घर का सूनापन था, काम-काज की पचास दिक्कतें थीं, स्कूल से लौटने पर मनु का एकाकीपन था, अपनी खुद की जिंदगी में नीरसता और अरुचि की कसक थी, वहीं दूसरी ओर मनु के भविष्य से जुड़े अनेक सवाल थे, उसकी खिसकती खुशियों को दबोचकर रखने की चाह थी, प्रिया की अनेक मीठी यादें थीं, उसके प्यार की गहरी संवेदना थी जो कभी सुख देती तो कभी बेचैनी भरी तड़प...। घर में हर जगह उसकी प्रतिच्छाया मँडराती नजर आती...। बैडरूम हो या किचिन, बाथरूम हो या ड्राइंगरूम, हर जगह उसकी छाप जैसे जड़ी महसूस होती...। उस सर्वत्र पसरी अदममौजूदगी के बीच किसी और की कल्पना...!

अविनाश बुरी तरह परेशान हो उठता। कई बार रात को सोते-सोते आँखें खुल जातीं और उसे प्रिया का मुस्कराता हुआ चेहरा नजर आने लगता। उसे लगता उस मुस्कराहट में क्या नहीं छिपा है—अपने प्यार की दुहाई, अपने तमाम त्याग और समर्पण की गुहार और उसके प्यार और निष्ठा पर तंज भरे फिकरे।

एक अजीब-सी घबराहट के साथ वह कम्बल या चादर ओढ़ लेता..., शायद असुविधाजनक स्थिति से पलायन का यह सरलतम उपाय था, किंतु निदान नहीं...। तब प्रिया उसे अपने अंग-अंग में सरसराती महसूस होने लगती...। उसकी बाँह पर सिर रखे, एक हाथ उसके सीने पर और उसकी एक जाँघ उसके पैरों पर आवारगी करती हुई...। इसी तरह तो वह पास आकर लेटा करती थी और फिर यूँ ही गहरी नींद में डूब जाती थी।

—मेरे मरने के बाद मुझे भूल तो नहीं जाओगे...?

—मुझे मालूम है कि मेरे जाने के बाद जल्दी ही कोई और इस घर की बहू बन जाएगी...।

—पता नहीं, यह घर कैसे चलेगा, अम्मा के बस का तो है नहीं...।

—और मनु...! उसकी आँखें डबडबा उठतीं—उसका तो तुम्हें ही ख्याल रखना है। किसी को भी लाओ पर उसे कोई तकलीफ न हो वरना...।

और वह फफक उठती।

इसी 'वरना' का अहसास उसे बुरी तरह कचोटता रहता।

अपनी मौत से लगभग आठ महीने पहले उसे अपनी बीमारी का पता चला था।...आँतों में जड़ें फैलाए था कैंसर। हर मुमकिन इलाज किया गया। लखनऊ से दिल्ली तक, दिल्ली से मुंबई तक...। पानी की तरह पैसा बहाया गया...। सारा फंड खाली हो गया और वह भी तब जब नियति पूर्व निर्धारित थी। डाक्टरों ने अधिकतम एक साल का जीवन बतलाया था।

दिल्ली तक प्रिया को कुछ पता नहीं चला पर जब मुंबई जाने को कहा गया तो वह समझ गई...।

—क्यों पैसा बरबाद कर रहे हो? जानते हो, इस बीमारी से कौन बच पाया है...।

पता नहीं कौन-सी शक्ति समेटे अत्यंत धीर-गंभीर स्वर में कहा था उसने।

अविनाश खामोश उसके चेहरे को घूरता रहा था। फिर उसके माथे और बालों में उँगलियाँ चलाने लगा था, निःशब्द आँखों की मूक भाषा से ढाढस बँधाते हुए...।

पहले अक्सर जब अविनाश उसकी आँखों में देखता था तो उसकी पलकें झुक जाती थीं। बड़ी-बड़ी आँखों पर घनेरी पलकें आवरण बन कर छा जातीं...। पता नहीं क्यूँ, वे बंद आँखें उसे बड़ी सस्वर लगती थीं, अजब सा आमंत्रण लिये हुए...। बंद आँखों में भी इस हद तक सम्मोहन होता है क्या...?

पर अब उसकी नजरें झुकती नहीं थीं। एक पथरीला सन्नाटा उसमें पसरा नजर आता। अविनाश अंदर-ही-अंदर थरथरा उठता। मन चाहता अपने हाथों से उसकी पलकें बंद कर दे पर उसे अपने हाथ काँपते महसूस होते।

ये पैसे मनु के लिए बचाकर रख लो। मैं नहीं रहूँगी तो शायद पैसे से ही वह अपना मन पूरा कर सकेगा...।

अविनाश चौंक जाता था। ...माँ और पैसे...!

किंतु आज उसे लगता है कि प्रिया ने शायद बहुत गलत नहीं कहा था। पिछले एक साल में वह पैसे खर्च करके ही मनु को प्रसन्न रख सका है। उसकी तमाम छोटी-मोटी खुशियाँ वह इन पैसों से ही खरीद सका है। प्रिया की बनाई

डिशेस की भरपाई रेस्ट्रां में जाकर की है, छुट्टी के दिनों में पिक्चर या पिकनिक जाकर मनु के अकेलेपन को बाँटा है, उसके सिलाई उधड़े कपड़ों के स्थान पर नए कपड़े दिलाकर ही मनु का मन पूरा किया है।

वह पूर्व निर्धारित क्षण किस तरह सुइयों की मानिंद चुभ-चुभ कर आया था। डाक्टरों ने उसे लाइलाज घोषित कर दिया और अस्पताल से निवृत्त कर घर ले जाने के लिए कह दिया था।

अब केवल मृत्यु की प्रतीक्षा थी।

पूरे घर पर आतंक और अवसाद का साया मँडराता रहता था। मनु के स्कूल की छुट्टी हो गई। अविनाश ने लंबे, अनियतकालीन अवकाश के लिए अर्जी दे दी थी। घर में कुछ करने को भी नहीं था। दवाइयाँ भी लगभग बंद थीं। जो कुछ दी जा रही थीं वे केवल उन लोगों को संतुष्ट करने के लिए, यह अविनाश अच्छी तरह जानता था। वक्त गुजरना भारी हो रहा था। हर क्षण एक खालीपन उन्हें दबोचे रहता पर मन में सब कुछ भरा-भरा...।

धीरे-धीरे घर में मेहमानों, रिश्तेदारों और मित्रों का जमावड़ा लगने लगा। छोटा भाई और बहन परिवार सहित आ गए। उन सबका बंदोबस्त ही अब मुख्य काम था। घर में अजीब-सी किच-किच रहने लगी। तीन कमरों के घर में एक कमरा प्रिया का और बाकी दो कमरों में सभी का जमघट...।

प्रिया कोमा में चली गई थी—आँखें बंद किए लेटी उसके चेहरे पर अजीब-सी भयावहता नजर आती थी। सिर के बाल इलाज के दौरान ही उड़ गए थे। गोरे चेहरे की त्वचा तांबई हो गई थी। बच्चे तो बच्चे, बड़े लोग भी उसके सामने ज्यादा देर बैठे रहने का साहस नहीं कर पाते। अधिकतर मेहमान अंदर जाते और खड़े-खड़े ही वापसी का रुख कर लेते...।

अविनाश, अम्मा और मनु बारी-बारी से वहाँ कुर्सी डाल कर बैठे रहते। अविनाश अखबार या मैगजीन पढ़कर अपना वक्त गुजारता। अम्मा वहीं बैठकर अपने रसोई के काम-काज निबटातीं जैसे दाल-चावल बीनना, सब्जी काटना...। और मनु...!

मनु प्रिया के चेहरे को निर्निमेष ताकता रहता था...। पता नहीं क्या दिखता था उसे उस कुरूप और भयावह हो गए चेहरे में। उसके अपने चेहरे पर एक विचित्र-सी जड़ता नजर आती, आँखों में निस्पंद शून्यता...। प्रिया की गहरी साँस या कराह

उसे अवश्य विचलित कर जाते और तब उसका चेहरा बेचैनी और घबराहट से विवर्ण हो जाता...।

—मम्मी को बड़ी तकलीफ है न पापा...। उसने मृत्यु से दो दिन पूर्व कहा था, इससे अच्छा तो...।

अविनाश ने उसे अपने सीने से लगा कर उसके सिर पर हाथ फेरा था। अब सचमुच मुक्ति प्रतीक्षा थी।

प्रिया के निधन के बाद सब कुछ सामान्य होने में कुछ ज्यादा वक्त नहीं लगा। शायद पूर्व निर्धारित घटनाओं के लिए हमारे अंदर कोई प्रच्छन्न तैयारी जारी रहती है जिसे हम स्वीकारते भी नहीं हैं। तीन दिन के अंदर सब संस्कार संपन्न हो गए और उसी रात को अविनाश ने मनु से कहा था—बेटा कल से स्कूल जाना शुरू करो...। तुम्हारी पढ़ाई का काफी हर्जा हो चुका है...।

मनु तो क्या, घर में किसी को भी सुनकर कोई अचरज नहीं हुआ था। खुद अविनाश ने अगले दिन ही दफ्तर जाना शुरू कर दिया था। पिछले दो महीनों में अम्मा को घर के कामकाज में खटने का अभ्यास हो गया था पर प्रिया के जीवित रहते जिस उम्मीद के तहत वह घर के काम निबटा देती थीं, उसके खत्म होने से अब वह बुरी तरह झींकने लगी थीं। बर्तन साफ करने वाली से पूरे घर की झाड़ू, पोंछा, सफाई की बात कर ली गई। कपड़े थोने के लिए तुरंत एक वाशिंग मशीन खरीद ली गई जिसे चलाने का जिम्मा अविनाश ने अपने ऊपर लिया था। रोज शाम को आफिस से लौटकर वह यह काम करने लगा। बड़े कपड़ों की स्त्री तो पहले भी बाजार में होती थी, अब मनु की स्कूल यूनीफार्म, पाजामा, कुर्ता, रूमाल भी बाहर से प्रेस होने लगे।

पर किचिन का काम अनवरत जारी रहता। सुबह बैडटी और मनु के टिफिन से लेकर रात के दूध तक...। अम्मा का सारा वक्त जैसे रसोई में ही कटता था। उम्र के साथ अम्मा के हाथ-पैर भी शायद ढीले पड़ गए थे। चाय बनाने में भी उन्हें खासा वक्त लगता। पर सबसे ज्यादा परेशानी मनु के लंच बाक्स को लेकर थी। अम्मा के बनाए पराँठे सब्जी से वह चौथे दिन ही ऊब गया। उसने शिकायत की तो अम्मा ने लाड़ दिखाकर पूड़ी छान दीं। पर सेंडविच, पावभाजी, मैगी, बर्गर..., अम्मा न ये सब खाती थीं और न ही बनाना उनके बस में था। नतीजतन मनु का सुबह का खाना ही गड़बड़ा गया। तब अविनाश ने उसे पैसे देकर स्कूल की कैंटीन से खाने की अनुमति दे दी जो प्रिया को सख्त नापसंद था।

ऐसी कई बातें घर में घटित हो रही थीं। अविनाश उन्हें महसूस करता और पत्नी की क्षमताओं पर विस्मित होता। एक अकेली स्त्री घर का प्रबंधन कितनी कुशलता से कर लेती है। प्रिया के रहते अविनाश को घर के किसी काम की कोई चिंता ही नहीं रहती थी। पूरा घर व्यवस्थित, सुसज्जित, समृद्ध और भरा-भरा नजर आता था...।

किंतु अब स्थिति दूसरी थी। अम्मा किसी तरह दाल सब्जी रोटी बनाकर रख देतीं। मनु की उस खाने में कोई दिलचस्पी नहीं रहती। किसी तरह दाल-चावल से पेट भरता। शाम को आफिस से लौटते हुए अविनाश उसके लिए कुछ-न-कुछ खरीद लाता। मैगी बनाना उसने खुद सीख लिया था। हालाँकि अम्मा को उसका मैगी खाना कतई पसंद नहीं था,—ये केंचुए जैसे क्या हैं। निरी मैदा ही दिखे है। ससुरे में न घी, न मक्खन...। तभी सूख रहा है लड़का...।

अम्मा अविनाश से शिकायत करती थीं।

अनचाहे ही अम्मा के कहने पर वह मनु को देखने लगता और उसे उनके कथन में सच्चाई नजर आती। तेरह साल की उम्र में माँ की ममता से वंचित...। कैसे-कैसे प्रिया उसका मन पूरा करती थी। शाम का खाना मनु को ध्यान में रखकर ही बनाया जाता अथवा खाने में उसके लिए ख़ास तौर पर कुछ बनाया जाता। कभी खीर, कभी सेमई, कभी कस्टर्ड..., किन-किन बहानों से दूध बदन में पहुँचाया जाता...।

और अब मनु का खाना अविनाश की बड़ी चिंता थी। इस पर ध्यान देना जरूरी लगा उसे।

मनु सचमुच कमजोर लगने लगा था।

प्रिया की मौजूदगी का जो अहसास अविनाश को वैवाहिक जीवन के पंद्रह सालों में नहीं हुआ था, वह उसके निधन के एक साल के अंदर पल-पल पर होता था। आफिस के काम-काज में व्यस्त वह इस पीड़ा से मुक्त रहता। मन चाहता कि देर तक आफिस में जमा रहे किंतु फिर मनु और घर की जिम्मेवारी का अहसास उसे कचोटने लगता। बस फाइलों से मन उखड़ जाता और उन्हें एक तरफ पटक कर वह जल्दी से जल्दी घर पहुँचने की जुगत करता।

मनु अक्सर सोता हुआ मिलता। पहले प्रिया उसे अविनाश के लौटने के पहले उठा देती थी। वह पास के ग्राउंड में बच्चों के साथ खेलने भी जाता था पर

अब उसका खेलना बंद था। एकाध बार अविनाश के कहने पर भी उसने कोई उत्साह नहीं दिखलाया। इस बात पर अविनाश बहुत दुखी होता। वह चाहता था कि बाहर बच्चों के बीच रहकर मनु कुछ देर के लिए प्रिया को भूल जाए। अब मनु का मन बहलाने के लिए वह घर के काम-काज निबटाकर उसे लेकर कहीं घूमने निकल जाता या फिर उसके साथ वीडियो गेम खेलने बैठ जाता। इसी बीच उसे मनु के होम वर्क की चिंता भी सताने लगती।

प्रिया के रहते उसे कभी मनु को पढ़ाने की जरूरत ही महसूस नहीं हुई। प्रिया भौतिक विज्ञान में एम.एस-सी. थी और मनु के साइंस और गणित के विषय सरलता से पढ़ा लेती थी। अविनाश अँग्रेजी साहित्य का छात्र रहा था। आठवीं क्लास की मैथ्स और साइंस पढ़ाना उसे लगभग असंभव लगता। जल्दी ही एक ट्यूटर की व्यवस्था करनी पड़ी। घर के खर्चे में पूरे एक हजार रुपए का इजाफा हो गया। हालाँकि एक जिम्मेवारी उसे अभी भी निभानी पड़ती थी—मनु का होम वर्क पूरा है अथवा नहीं...। वह जानता था कि होम वर्क पूरा न होने पर स्कूल के बच्चों को कड़ी सजा दी जाती है। माँ के प्यार से महरूम अपने बच्चे के लिए किसी भी प्रकार के दंड की कल्पना उसके लिए अत्यंत त्रासद थी।

रात में मनु को सुलाकर ही अब वह सोता था, सुबह का एलार्म लगा कर जिससे मनु के स्कूल जाने में कोई देरी न हो। उसकी स्कूल यूनीफार्म भी रात को तैयार कर लेता था, जूते चमका देता और टाइम टेबल से किताबों, कॉपियों का मिलान कर मनु का बैग चैक कर लेता था।

मनु के सोने के बाद कमरे का खालीपन उसे बुरी तरह सालता। अंदर बाहर एक शून्यता का अहसास उसे अपने में जकड़ लेता। थकान के बावजूद नींद पास नहीं फटकती। कैसे कटेगी यह अकेली जिंदगी...! अभी चालीस का ही पूरा हुआ था। तमाम उमंगें, अनगिनत कामनाएँ उसे कम उत्तेजित और उद्वेलित नहीं करती थीं। अपने को बड़ा दयनीय महसूस करता वह। रात के अँधेरे में छत को ताकती उसकी आँखों से अक्सर आँसू छलक पड़ते...। जलती आँखें कब बंद हो जातीं, उसे पता ही नहीं चलता।

अम्मा ने ही दूसरे विवाह का प्रस्ताव रखा था। ऐसा नहीं था कि अविनाश के मन में यह ख्याल कभी आया ही न हो पर मनु के बारे में सोच कर वह इस विचार

से अपने को दूर रखता। प्रिया की बातें और शब्द याद आने लगते। पर एक साल बीतने के बाद अम्मा ने अब जिद पकड़ ली थी।

—बेटा मेरे बस का नहीं है यह घर चलाना। मेरे हाथ-पैर नहीं चलते। और फिर इस उम्र में मेरी ही जिंदगी का क्या भरोसा। तेरी अभी लंबी उम्र है, अकेले कैसे कटेगी। मनु तो चार-पाँच साल में बाहर पढ़ने चला जाएगा और तब...?

—पर अम्मा मनु...!

—मनु का सोच कर ही यह कह रही हूँ। हर सौतेली माँ बुरी थोड़े ही होती है। क्या पता, मनु को वह इतना प्यार दे कि वह प्रिया को ही भूल जाए...।

—अम्मा कैसी बात करती हो...? अविनाश ने रोष भरे स्वर में कहा,—कोई बच्चा अपनी माँ को कैसे भूल सकता है...।

—मेरा मतलब भूलने से नहीं है बेटा...। अम्मा को अपनी गलती का अहसास हुआ। बेटे के आहत मन को सहलाया उसने—अपनी माँ को कौन भूल सकता है। पर देखभाल के लिए कोई तो चाहिए न। अच्छी देखभाल और प्यार से मनु खुश ही रहेगा। जाने कितनी दूजी औरतों ने घर बनाए हैं। अपनी मालती मामी में क्या बुराई दिखती है। उसने पहली के दोनों बच्चों को नहीं पाला। फिर तुझे भी आराम मिलेगा। अभी तो आफिस से थका हारा लौटने पर मनु के कामों में ही उलझा रहता है।

अम्मा कुछ देर के लिए खामोश हो गईं। अविनाश जानता था कि उनका मन अभी खाली नहीं हुआ है। मटर छीलते-छीलते रुककर वह फिर कहने लगीं—एक साल तो मैं भी चुप थी। सोचा लोग गलत सलत बातें न कहें। और बेटा, अभी तेरी उम्र भी है। पाँच-छह साल बाद जब मनु और बड़ा हो जाएगा तब किसी दूसरी को घर लाना और मुश्किल होगा...।

अविनाश को अम्मा के कथन में पूरी सत्यता नजर आ रही थी। शायद यह उसके भी अंतर्मन की आवाज थी। जिंदगी का एकाकीपन उसमें एक नए तरह का अवसाद पैदा कर रहा था। किसी काम में उसका मन ही नहीं लगता था। कई बार बिना शेव किए आफिस चला जाता। पिछले एक साल में उसने एक भी नया कपड़ा नहीं खरीदा था। जूते बदलने का मन था पर उसे भी वह टालता रहा।

सामाजिक तौर पर भी वह कटा-कटा अनुभव करता। उसके मित्र उसे आमंत्रित करते पर एक अजीब से संकोच से वह जकड़ा रहता। यह सच था कि मनु को अकेले छोड़ने का उसका मन नहीं करता पर इससे कम उस अधूरेपन का अहसास नहीं था जिसने उसके पूरे वजूद को घेर लिया था।

अम्मा के प्रति भी मनु के अंदर एक अप्रत्यक्ष विरोध दिखलाई देने लगा था। शायद यह दो पीढ़ियों की टकराहट भी थी। दोनों के बीच एक चुभती संवादहीनता पनप रही थी। घर के काम-काज से अम्मा वैसे ही झल्लाई रहतीं और खाने-पीने को लेकर मनु की नानुकर उनमें खीझ और क्रोध पैदा कर जाते...।

माँ के तमाम आग्रह और अपने अंदर पैदा हुए यकीन के बावजूद अविनाश जब भी इस अहम फैसले के करीब पहुँचता तो मनु का चेहरा आँखों में घूमने लगता। इतना तय था कि मनु के हित में वह अपना सर्वस्व त्याग कर सकता था, भले ही इससे उसका अपना जीवन कितना ही बोझिल क्यों न हो। 'मनु का तुम्हें ही ख्याल रखना है...,' प्रिया के शब्द रह-रहकर उसके कानों में बजने लगते थे। और एकाएक उसका विश्वास डगमगाने लगता था।

उसने निश्चय किया कि मनु से इस बारे में बात करना ठीक होगा। पर कैसे, किस तरह...? एक पिता अपने बेटे से अपने विवाह के बारे में कैसे और किस तरह बात करे? इसी पसोपेश में उसके दिन कटने लगे। अम्मा जब भी सामने पड़तीं तो ऐसा लगता मानो मौन स्वर में उसकी सहमति माँग रही हों। उस दिन मनु की अनुपस्थिति में जब अम्मा बड़ी अटपटी नजरों से उसकी ओर देख रही थीं तो बड़ा असहज अनुभव करने लगा वह। उठकर जाते-जाते अत्यंत धीमे स्वर में कहा उसने—अम्मा थोड़ा वक्त दो मुझे...।

—बेटा, क्या तुम दूसरी माँ चाहोगे...? आखिर एक रात उसने मनु से पूछ ही डाला।

मनु ने बड़ी अजनबी नजरों से उसकी ओर देखा था। उस निगाह से उसे अंदर तक कसमसाहट महसूस हुई। मन में उथल-पुथल होने लगी उसके। 'दूसरी माँ...', शायद उसने गलत शब्द का प्रयोग कर मनु को कहीं गहरे तक आहत किया था।

—बेटा, उसने समझाया, दादी चाहती हैं कि मैं शादी कर लूँ। इस घर को चलाना दादी के बस का नहीं है। उनकी तबीयत भी खराब रहने लगी है। फिर दिन भर तू भी अकेला रहता है। मम्मी के आने से तुझे भी अच्छा लगेगा। तुम अब बच्चे नहीं हो, इसलिए मैंने सोचा कि तुमसे पूछूँ।

मनु के चेहरे पर सर्द शून्यता पसरी थी। आँखों में अजनबीपन का भाव था। एकटक वह अविनाश को देखता रहा। बेटे के सामने पिता की धुकधुकी बढ़ने

लगी। उसे लगा जैसे मनु के तेरह वर्षों के सारे प्यार और विश्वास को कहीं गहरा आघात लगा है। अविनाश का मन चाहा कि अपने शब्द वापस ले ले। किंतु कुछ ही क्षणों के अंतराल पर मनु के चेहरे पर एक तरलता उभरने लगी। चेहरे के हावभाव आत्मीय और सहज हो गए। उसने अपनी नजरें हटा लीं और अपना सर अविनाश के कंधे पर टिका दिया।

—ठीक है पापा...। उसने सधे स्वर में कहा—मम्मी के आने से घर में अच्छा लगेगा।

उसकी आँखें बंद थीं। ऐसा लगा जैसे अंदर के भावों को वह अपने अंदर भींचने का प्रयास कर रहा हो।

—तू सच कह रहा है बेटा? अविनाश ने उसके सर पर हाथ फेरते हुए कहा—अगर तू नहीं चाहेगा तो मैं कभी दूसरी शादी नहीं करूँगा...।

—हाँ पापा, मम्मी के बिना घर बड़ा सूना लगता है...। बोझिल स्वर में उत्तर दिया उसने।

अविनाश का मन हुआ कि वह मनु से इस बारे में आगे बात करे पर यह जरूरी नहीं लगा उसे।

अंदर-ही-अंदर बड़ी राहत महसूस की उसने।

अगली सुबह उसने अम्मा से शादी के लिए हामी भर दी।

विवाह को लेकर उसके मन में घनघोर द्वंद्व बना रहा था। एक ओर जहाँ नए जीवन साथी के साथ नया जीवन जीने की उमंग और उत्तेजना थी, वहीं मनु के भविष्य को लेकर वह खासा चिंतित था। तरह-तरह के सवाल उसे बुरी तरह उद्वेलित कर रहे थे।

किंतु पापा के विवाह को लेकर मनु का उत्साह अचरजपूर्ण था। जहाँ अविनाश सारी तैयारी अत्यंत गुपचुप ढंग से करना चाहता था वहीं मनु दिन प्रतिदिन उसे नए-नए सुझाव देकर उसे हैरत में डाल देता।

—पापा, नए गद्दे ले लो, ये बीच में धँस गए हैं। बैड शीट और पिलो कवर भी नए लाओ...।

—पापा, अब तो नए जूते खरीद लो...। चैरी वालों ने देख लिया तो अपने सारे एड बंद करने पड़ेंगे उन्हें।

—पापा, शादी में क्या पहनोगे आप...? एक दिन उसने पूछा।

अविनाश ने कोई उत्तर देना ज़रूरी नहीं समझा पर मनु अपने सवाल को दोहराता रहा।

—जैसे रोज कपड़े पहनते हैं...। आखिर कहना पड़ा उसे।

—नहीं, पापा, आजकल मैरिज में जोधपुरी कुर्ते, पैजामे का फैशन है। कोई डिजायनर कुर्ता खरीदिए।

अनिच्छा के बावजूद अविनाश ने उसका मन रखा था। मनु के लिए भी चार जोड़ी नए कपड़े खरीदे गए। लेकिन एक दिन अम्मा ने यह कहकर अविनाश को बड़ी परेशानी में डाल दिया कि बच्चे अपने पिता के ब्याह में नहीं जाते। शायद अविनाश के अंतर्मन में भी कहीं था यह। पर वह मनु से इंकार करने का साहस नहीं जुटा पाया। और अम्मा को भी इस बारे में बात करने की सख्त मनाही कर दी।

विवाह के संक्षिप्त से संस्कारों में मनु हर पल अपने पिता के साथ था। गिनेचुने मेहमान और घर वाले थे। इसलिए अविनाश सहज अनुभव कर रहा था।

रागिनी के आने के पहले दिन जो उलझन अविनाश को संत्रस्त कर रही थी, उसका हल स्वयं मनु ने निकाल दिया। जन्म से ही मनु अपने मम्मी-पापा के साथ इसी बैडरूम में सोता था। अविनाश सोच-सोच कर परेशान था कि आखिर कैसे वह मनु से दूसरे कमरे में सोने के लिए कहे। एकबारगी अम्मा से कहलवाने का मन हुआ किंतु फिर यह ठीक नहीं लगा। फिर अम्मा की कौन-सी बात उसे समझ में आती थी। पर मनु ने अगले दिन ही बराबर के कमरे में अपना बिस्तर और स्टडी टेबल लगाकर उसे एक बड़े ऊहापोह से बचा लिया।

रागिनी ने एक महीने में ही घर की रंगत बदल दी। पूरा घर पहले की भाँति साफ-सुथरा दिखलाई पड़ने लगा—हर चीज करीने से सजी-सँवरी...। घर की साजसज्जा में एक ताजगी दिखलाई पड़ने लगी। ड्रांइगरूम की सेटिंग बदल गई। खुद बाजार जाकर उसने साजसज्जा की छोटी-मोटी चीजें भी खरीदीं, जैसे सोफे के कुशन...।

अब हर सुबह अखबार और बैडटी अविनाश को बिस्तर पर ही मिलने लगे। मनु का लंच बाक्स पता नहीं कब तैयार कर लेती थी रागिनी। अब मनु को अपने लंच बाक्स खोलने का बड़ी बेसब्री से इंतजार रहता था क्योंकि हर रोज उसे कोई नयी चीज खाने को मिलती थी—चाऊमीन से लेकर बर्गर तक, इडली बड़ा से उपमा तक, शाही टोस्ट से ऑमलेट तक...।

अविनाश को समय से आफिस भेजने का जिम्मा भी जैसे रागिनी ने ही ले लिया था। मैचिंग कपड़े निकालकर रख देती, दरवाजे तक छोड़ने आती और शाम को जल्दी लौटने का इसरार करती।

अम्मा को अब किचिन में झाँकने तक की जरूरत महसूस नहीं होती। मनु के स्कूल से लौटने पर उसे खाना तैयार मिलता जिसे वह बड़े चाव से खाता। कुछ देर टीवी देखने के बाद वह अपना होम वर्क पूरा करता। शाम को उसने खेलना भी शुरू कर दिया था। खेलने से लौटने पर उसे रोज नए-नए स्नैक्स खाने को मिलते। मनु सचमुच प्रसन्न दिखलाई देता था। लगभग दो वर्षों के बाद उसने अपने मित्रों को घर पर बुलाना शुरू कर दिया था। घर का उदास माहौल एक बार फिर जीवंत और चहक भरा हो चला था।

रागिनी ने पूछा था एक दिन—तुम्हें अपनी मम्मी की याद आती होगी न?

—हाँ मम्मी, मेरी मम्मी मुझे बहुत प्यार करती थीं। मेरा सब मनचाहा पूरा करती थीं। पर आप उससे कम तो नहीं...।

अविनाश ने सुना तो उसकी आँखें छलछला पड़ीं। कृतज्ञता से उसका मन भर आया। उसने दीवार पर लगी प्रिया की फोटो की ओर देखा और देर तक उसे देखता रहा।

अचानक अपने कंधे पर उसे एक छुअन महसूस हुई। उसने मुड़कर देखा। रागिनी पीछे खड़ी मुस्करा रही थी।

प्रतिरोध

"और क्या सोचेगी नंदिता...?"

चीजों को साफ-साफ न देखने में भी एक सुख का अहसास होता है–एक चुभता सुख। और जब चीजें साफ नजर आने लगती हैं तो वह सुख एक गुदगुदाहट-सी पैदा कर जाता है...।

कभी लगता है कि उम्र गुजरती कहाँ है। उम्र तो जैसे लौट-लौट आती है। तमाम ख्वाब, ढेर सारी तमन्नाएँ वक्त के साथ वैसे ही दिल से अठखेलियाँ करने लगते हैं जैसे कुछ खोया ही नहीं। शायद यही जीवन की आशा भी है।

फोन की लंबी घंटी से उसके पूरे बदन में सिहरन-सी हुई है, दिल चहक उठा है मानो चिड़ियों ने सुबह की दस्तक दी हो और एक मीठा, कर्णप्रिय राग उसके पूरे वजूद को सराबोर कर रहा हो।

अपने आगे बढ़े हाथ उसने एकाएक पीछे खींच लिए हैं। उसके इंतजार और बेचैनी पर सुख...। पर कितने पल...! खुद की बेकरारी उस सुख पर हावी होने में देर नहीं लगाती।

"हाय मॉम...।"

नितिन की आवाज ने खदबदाते दिल पर ठंडा फाया रख दिया है।

"अरे बेटा, तीन दिन से फोन नहीं किया।" चंचल, भटकता मन अब माँ की गिरफ्त में है, "तेरी बड़ी याद आ रही थी। पूरे दो महीने हो गए तुझे देखे हुए...।"

"यस मॉम, पर यहाँ छुट्टी कहाँ मिलती है। फर्स्ट ईयर में वैसे भी खूब मेहनत करनी पड़ती है। अच्छा ग्रेड आ गया तो ब्रांच तक चेंज हो सकती है।"

"मुझे मालूम है बेटा, बहुत समझाती हूँ मन को पर क्या करूँ। तेरे जाने से घर एकदम सूना हो गया है। कालिज से लौटने पर रात तक का वक्त काटना कितना मुश्किल होता है। शाम को तो एक मनहूसियत-सी चारों तरफ पसरी नजर आती है। भूख के बावजूद कुछ खाने का मन ही नहीं करता...।" नंदिता का स्वर आर्द्र हो चला है, उसकी आँखें चमकने लगी हैं।

"कम ऑन मॉम...।" माँ की भावुकता नितिन में एक ऊब-सी पैदा करती है। कभी खीझकर झिड़क भी देता है हालाँकि माँ के दर्द को बखूबी समझता है वह। बचपन से यही सब देखता, महसूसता आया है...।

"मॉम, जब हॉस्टल में हूँ तो दूर तो रहूँगा ही।" आज धैर्य का दामन थाम रखा है उसने, "इतना सेंटी मत हुआ करो। फिर मेरा मन भी खराब होता है। आई फील डिस्टर्ब्ड...।"

"आयम सॉरी बेटा...," अपने को संयत कर लिया है नंदिता ने, "चल छोड़, बता तेरी पढ़ाई कैसी चल रही है। स्टडीज का खूब प्रेशर होगा। बस अपने खाने-पीने का ख्याल रखना। मौसम भी बदल रहा है। डोंट बी केयरलैस...।"

बेटे से बात खत्म हुई तो उसके पूरे वजूद में नितिन छाया हुआ है। अजब से सुख और संतोष का अहसास उसके अंग-अंग में प्रवाहित हो रहा है। दूरी से पैदा हुआ अवसाद जैसे पिघल गया है। सामने लगी नितिन की फोटो को वह देर तक निहारती रही है और जब उससे भी मन नहीं भरा तो हमेशा की तरह सिरहाने रखी एलबम के पृष्ठ पलटने लगी है वह। ...इन्हीं पन्नों पर लगें फोटो के इर्द-गिर्द ही नंदिता का जीवन सिमटा हुआ है। उन्हीं चित्रों से उसकी अपनी जीवन यात्रा झाँकती नजर आती है। उन्हीं क्षणों में उसके जीवन का सारा उत्साह व उल्लास, सफलताएँ व उपलब्धियाँ कैद हैं। माँ-पिताजी, बड़े भइया और मित्रों ने यही तो उसे समझाया था। इसीलिए उसका जीवन इतना एकनिष्ठ व एकांगी बन गया था।..नितिन, नितिन और नितिन...। जिंदगी का एकमात्र लक्ष्य...! जिंदगी में मकसद हो तो उसमें सहजता और गति बनी रहती है और जीवन के सारे दुख-दर्द, मन की सारी तकलीफें या समाज की सारी अवहेलना या तिरस्कार जैसे गुम हो जाते हैं।

नितिन के हॉस्टल में चले जाने के बाद पहली बार उसे एक चुभती शून्यता का अहसास हुआ था। घर जैसे पूरी तरह खाली हो गया था मानो ठसाठस भरी शोरशराबे वाली बस में आखिर में अकेला यात्री रह गया हो...। किसी दूसरे की

मौजूदगी घर को कितना जीवंत बना जाती है। कोई काम ही नजर नहीं आता था उसे। लक्ष्यहीनता का शिकार अनुभव करने लगी वह। जीवन एकाएक बड़ा बोझिल और नीरस लगने लगा। कालिज से लौटने पर देर रात तक का घिसटता सफर रोज एक आतंक पैदा करता। गहराती शाम अपने साथ एक मनहूसियत भरा सन्नाटा ले आती। पेट में भूख कुलबुलाती पर किचेन में झाँकने का मन नहीं करता। किसी तरह पेट भरने की जुगत करती। और तब उस वीरानी से टीवी के पचास-पचपन चैनल मुठभेड़ करते रहते—बिस्तर पर बैठे-बैठे रिमोट के बटन दबते रहते—सीरियल, मेलोड्रामा, म्यूजिक या फिर आस्था, संस्कार...। कहीं भी अपने जीवन से कोई साम्य नजर नहीं आता उसे। किसी धारावाहिक से जीवन का तालमेल नहीं बिठा पाती वह।... न पति से प्यार-तकरार, न घर में सास-ननद का घमासान, न विवाहोत्तर संबंधों की उत्तेजना, न सजने-सँवरने की कोई चाह और न ही जीवन में किसी प्रकार की कोई उठापटक, उथलपुथल या उतार-चढ़ाव...। अपना सीधा-सपाट जीवन तब बड़ा बेमानी और निस्पंद प्रतीत होता है उसे...।

एलबम के पृष्ठ उलटने-पलटने में एक यांत्रिकता आ गई है। कभी सामने रखा आब्जेक्ट कितनी खूबसूरती से अपनी अर्थवत्ता खो देता है—बिना किसी कोशिश के और ऊँची उड़ती पतंग की मानिंद हमारा भटकता मन आकाश में अपना स्पेस बना लेता है—तमाम रंगबिरंगी, सफेद, काली पतंगों के बीच...। बिना पेंच लगाए वे उलझती भी नहीं हैं, यह कम हैरत की बात नहीं है।

एलबम के फोटो पृष्ठभूमि में गुम हो गए हैं और एक चेहरा सभी पन्नों पर जड़ा दिखने लगा है। अब नंदिता की आँखें ही नहीं, उसका पूरा चेहरा दमक रहा है। उन आँखों में माँ की लाचारी और दयनीयता के स्थान पर प्रेम और विश्वास की आभा है, एक ऐसा प्रकाश जो उसके अंदर तक छुअन पैदा कर रहा है। नंदिता को लगा कि उसका चेहरा लाल हो चला है। एलबम एक ओर सरकाकर उसकी नजरें सामने घड़ी पर जा टिकीं।

...प्रतीक्षा, एक बेताबी भरा इंतजार...। दिल की धड़कनों में कुछ असामान्य जैसा जरूर था। अपने को ढीला छोड़ कर वह पलंग के सिरहाने नीचे पसर गई है। बंद आँखों के सामने एक रुपहला आकाश चमचमाने लगा है। नए, अजनबी और अचरज भरे तमाम ख्वाब उसके अंतरंग को जगमगाने लगे हैं। उसका मन हुआ कि वे अंदर ही कैद रहें। कई सपने आँखों से निकलते ही इस निर्मम दुनिया में गुम नहीं हो जाते?

आँखें भींच कर निश्चेष्ट पड़ी है नंदिता...।

फोन की घंटी से मानो मदहोशी में खलल पड़ा है—वही लंबी घंटी जिसका इंतजार था उसे। एक, दो, तीन, चार..., पता नहीं किसके धैर्य की परीक्षा लेती है वह।

"हलो नंदी..., इतनी देर बाद फोन उठाओगी तो मेरी धड़कनें फिसलने लगेंगी...।" कहकर हमेशा की तरह एक लंबी साँस ली है उसने। उसकी गर्म साँसों का असर अपने चेहरे पर महसूस हुआ है नंदिता को। मुस्कान की एक झीनी छटा उसके चेहरे पर फैल गई है। अधलेटा बदन बिस्तर पर पूरी तरह पसर गया है।

"कुछ बोलेगी नहीं...?"

"नहीं, तुम बोलो, मुझे सुनना अच्छा लगता है...।"

"हाँ, दिन भर तो और बेचारे तुम्हें सुनते ही हैं...।"

"धत्त...।" उसके स्वर में एक अल्हड़पन उतर आया है। एकाएक लगा दीपंकर सामने खड़ा उसे घूर रहा है। उसका मन चाहा कि गाऊन के ऊपर के खुले दो बटन बंद कर ले वह। फिर अपनी मूर्खता पर जी खोल कर हँसने का मन हुआ उसका।

"खैर छोड़ो, क्या कर रही थीं?"

"वही जो एक भले इंसान को रात के ग्यारह बजे करना चाहिए...।" चहक भरे स्वर में उत्तर दिया उसने।

"यानी सोने की तैयारी?"

"हूँ...।"

"मुझे याद किए बिना...?"

नंदिता ने अपने अंदर एक सिहरन-सी महसूस की है। पूरा बदन बड़ा हल्का-हल्का लग रहा है हवा में उड़ता जैसा। हृदय की धड़कनों में एक अनजाना रोमांच है। दीपंकर मानो सशरीर सामने खड़ा है—साँवला रंग, लंबा कद, बोलती-सी आँखें और साँचे में ढले भरे-भरे होंठ...। अपने अंदर एक झनझनाहट महसूस की है उसने।

"नंदी, आई लव यू सो मच.., आई रियली मिस यू...।" दीपंकर ने कहा और चुंबनों की बौछार-सी कर दी है।

नंदिता के पूरे शरीर में उत्तेजना की लहर-सी प्रवाहित होने लगी है। अंग-अंग पर एक अदृश्य स्पर्श का अहसास हो रहा है। पूरा बदन शिथिल होने लगा है।

उसमें एक तरलता समा रही है। एक नए तरह की चाहत ने उसमें कँपकँपी-सी पैदा कर दी है।

"दीपंकर प्लीज...।" एक फुसफुसाहट-सी उसके होठों से निकली है।

"क्यूँ नंदी, व्हाई डू यू स्टॉप मी? लेट मी लव यू। तुमने मुझे पागल बना दिया है। क्या अब भी मुझ पर भरोसा नहीं करती हो? मेरे जीवन का हिस्सा हो तुम, नंदी...।" और चुंबनों का क्रम फिर शुरू हो गया है।

एक उन्माद नंदिता पर हावी हो चला है। अंग-अंग में खुमारी छा गई है। हर अंग में अलग तरह का नशा है—उँगलियों में सिहरन, होठों पर दबाव, सीने में कसाव और बदन में तरलता...। अंदर जैसे एक ज्वालामुखी विस्फोट के लिए छटपटा रहा है।

"दीपंकर, तुमने मुझे बड़ा कमजोर बना दिया है। सालों की तपस्या को पूरी तरह डगमगा दिया है। आई नीड यू सो बैडली...। इतने सालों से मैं कितनी अकेली रही हूँ पर तुम से मिलकर अब अकेलापन काटता है। आई लव यू सो मच...। दीपंकर, मुझे तुम्हारा साथ चाहिए, तुम्हारा प्यार चाहिए, प्लीज दीपंकर...।' और उसके होठों से भी चुंबनों का लावा बह निकला है।

"ओह नंदी, लव...।"

एकाएक नंदिता ने फोन काट दिया है और वह बिस्तर पर औंधी लुढ़क गई है।

पिछले कई अवसरों पर ऐसा ही हुआ है। दीपंकर का फोन उत्तेजना का ऐसा उबाल पैदा कर देता कि मुँह से शब्द ही नहीं निकलते। बरसों की प्यास उस पर इस कदर हावी हो जाती कि वह अपने को एक तरणताल में डूबती महसूस करती—पानी के छपाकों के बीच उतरती, उतराती...। पूरा बदन कसमसा उठता, पसीने से शरीर तर हो जाता और उत्तेजना धौंकनी की तरह साँस में बजने लगती।

फोन काटना ही एकमात्र विकल्प होता तब...।

तकिए में चेहरा छुपा कर अपने को स्थिर करने की कोशिश की है उसने। आग बुझने में कम वक्त नहीं लगता। गर्माहट का अहसास देर तक बना रहता है। अपने बदन को ढीला छोड़ दिया है उसने। कुछ देर बाद जैसे चुक गई देह को सँवारा है उसने। साइड स्टूल पर रखी बोतल से पानी गले में उँड़ेला है और तब एकाएक उसकी नजरें नितिन पर पड़ती हैं।

शर्म और अपमान से जमीन में धँसा अनुभव किया है उसने। सामने रखी ड्रेसिंग टेबल में लगे शीशे में अपना चेहरा देखकर शर्मसार हो चली है वह। उसे

लगा अपनी ही नजरों में गिर रही है वह...।

क्या हो रहा है उसे...?

वह धीरे-धीरे सुबकने लगी है।

आईसीसीआर का सेमीनार, विषय : भारतीय राजनीति और महिलाएँ, स्थान : जेएनयू और भागीदार प्राध्यापक, स्वयं सेवी संस्थाएँ और महिला संगठन...।

पूरे माहौल में एक अनौपचारिकता और खुलापन था। वेशभूषा, खानपान, और विमर्श के तौरतरीकों और उसकी भाषा तक में एक खिलंदड़ापन था। यूनीवर्सिटी प्रोफेसर्स जीन्स, टीशर्ट में दिखते थे, महिलाएँ स्लैक्स और मिनीज में, सिगरेट के धुएँ और शराब की चुस्कियों के बीच गंभीर बातचीत होती थी और इसके लिए पेड़ों की छाया से लेकर हॉस्टल के बैड तक कोई स्थान वर्जित नहीं था।

नंदिता पहले भी कुछ सेमीनारों में हिस्सा ले चुकी थी पर यह एक नए प्रकार का अनुभव था। शायद नितिन के हाल में ही हॉस्टल में जाने से पैदा हुए एकाकीपन को तोड़ने के लिए भी यह एक अच्छी कवायद थी। घर में सन्नाटे से त्रस्त होकर उसने वहाँ जाने का मन बनाया था।

पता नहीं क्यों और कैसा संयोग था यह कि दो लंबे सत्रों में दीपंकर उसके पास बैठा था। उस अजनबी भीड़ में वे करीब आए थे। निहायत सरसरी मुलाकात एक दोस्ताना संवाद में कब और कैसे बदली, नंदिता को आभास ही नहीं हुआ। आखिरी दिन जब दीपंकर ने सांस्कृतिक कार्यक्रम के बजाय उससे बाहर चलने का प्रस्ताव रखा तो उसने तुरंत हामी भर दी।...अगर स्त्री-पुरुष के घर से बाहर घूमने को अँग्रेजी में डेट कहा गया है तो यह उसकी जिंदगी की पहली डेट थी, हालाँकि उसमें न किसी प्रकार की उत्तेजना थी और न ही कोई अपेक्षा...। हाँ, उत्साह के कुछ अणु जरूर उसके अंदर हलचल मचा रहे थे। इंडिया गेट से लेकर कनॉट प्लेस के एक रेस्त्रां तक दीपंकर का साथ उसमें एक ऊष्मा अवश्य पैदा कर रहा था। अपने अंदर एक छोटी-सी खुशी महसूस की उसने...। छोटी खुशियाँ कम जरूरी नहीं होतीं...। क्या किसी का पलकें उठाकर देखना भर हमें पुलक से सराबोर नहीं कर जाता...?

उनकी बातचीत सेमीनार, उसके विषय, मुख्य वक्ताओं और समाज में महिलाओं की बदलती भूमिका पर केंद्रित थी। उसके वक्तव्य में गहरा आत्मविश्वास झलकता था, उस पर गंभीर अध्ययन और मौलिक सोच की छाप दिखती थी। किंतु

कहीं भी अपनी विद्वत्ता प्रदर्शित करने जैसा संकेत वह नहीं देता था। नंदिता के कथन को पूरे सम्मान और धैर्य से सुनता और अपनी बात को पूरी विनम्रता और विश्वास के साथ प्रस्तुत करता। उसकी आँखों में गजब का आलोक था। उसके प्रभाव से नंदिता अछूती नहीं रह पाई थी।

नंदिता के प्रभावित होने का एक कारण और भी था। जिस विषय से नंदिता हमेशा बचना चाहती थी, दीपंकर उसके पास तक न फटका। अमूमन ऐसी मुलाकातों में जाती जिंदगी के सवाल टपकना आम बात है—...विवाह, पति, परिवार...। नंदिता के अंर्तमुखी रहने की एक वजह इन प्रश्नों से बचना भी था। शायद यही कारण था कि कभी किसी अजनबी से ऐसी खुशनुमा बातचीत की नौबत ही नहीं आई थी। इस मायने में दीपंकर विशिष्ट लगा उसे।

उस पूरी शाम दीपंकर की बातचीत या हावभाव में ऐसा कुछ नहीं दिखलाई दिया जिससे नंदिता को अपने प्रति किसी आकर्षण का आभास होता। शायद नंदिता को कहीं यह अखरा था। दीपंकर का असंपृक्त आचरण उसे कहीं कचोट भी रहा था। दीपंकर जैसे उसकी मौजूदगी को पूरी तरह नकार रहा था। उसके साथ नंदिता थी या कोई और जैसे उसके लिए कोई मायने ही नहीं रखता था। इस उदासीनता से उसके मन में उचाट पैदा हो रही थी। आदमी का मन भी तो अजीब है। जो नहीं चाहता, उसकी चाहना भी उसे कम परेशान नहीं करती।

रेस्त्रां का बिल अदा करने जब दीपंकर ने अपना पर्स खोला तो उसने आपत्ति की। अपने वजूद को महसूस कराने का यह एक सहज ढंग था।

"आई विल पे फॉर दिस...?"

हैरानी भरी नजरों से दीपंकर उसे देखने लगा और फिर मुस्कराकर बोला, "अरे आप क्यों? लेट इट बी माई प्रिविलेज...।"

"पर आप क्यों? लेट मी हैव दिस प्लैजर...।"

दीपंकर निरुत्तर अनुभव करने लगा। इतना वह अच्छी तरह समझता था कि एक वर्किंग लेडी अपने स्वाभिमान की रक्षा करना जानती है। और वह यह सुनना कतई पसंद नहीं करेगी कि पुरुष होने के नाते भुगतान उसे करना चाहिए। उसने दूसरी तरह बात कही, "क्या फ्रेंड होने के नाते मैं यह ट्रीट नहीं दे सकता और फिर उम्र में...।" उसने वाक्य पूरा नहीं किया।

नंदिता धीरे से हँस दी और कहा, "मित्र होने का दावा करते हैं तो यह सौभाग्य मुझे ही हासिल करने दीजिए। दूसरे उम्र और दोस्ती में क्या कोई बैर है?"

"आयम कॉर्नरड् मैम...।" कहकर दीपंकर बड़ी जोर से हँसा था। दो दिनों

में यह उसकी पहली हँसी थी—बड़ी उन्मुक्त, बड़ी आत्मीय...। आस-पास बैठे लोग उसकी तरफ देखने लगे थे। नंदिता अटपटा महसूस कर रही थी। लगा वहाँ से उठकर चले जाना चाहिए किंतु उसके हँसते चेहरे में कुछ ऐसा था तो उसे बाँधे रहा।

"ओके लेट्स गो फ्रेंच...।" उसी हँसी के बीच दीपंकर ने कहा।

आधा बिल अदा करना नंदिता को खराब लगा था। मन में झुँझलाहट भी हुई थी—आधी उस पर, आधी अपने पर। कभी छोटी बातें अपनी अस्मिता से जोड़ कर आदमी कितना कष्ट पाता है। उसे लगा कि दो दिनों और पिछले कुछ घंटों में बना दोस्ती का संबंध उस बिल के साथ बँट गया था। बड़े जतन से जोड़े रिश्ते कभी एक मामूली घटना अथवा शब्द से ही तहस-नहस नहीं हो जाते! अपने अंदर एक टीस-सी महसूस की उसने।

अनमने ढंग से वह बाहर उठकर चल दी, उसी अकेलेपन के साथ जिसका शिकार वह बरसों से रही थी। मन में खीझ का पिटारा बन गया था। बड़े परिश्रम से लिखी इबारत पर जैसे किसी ने पानी उँड़ेल दिया हो और एक व्यर्थता बोध अंतश्चेतना को बुरी तरह जकड़ ले...।

ऑटो में वे दोनों अपने-अपने में जकड़े रहे—शांत, निस्पृह...। उतरने पर ऑटो का किराया देने से पहले दीपंकर ने उसकी तरफ बड़ी बेचारगी भरी निगाह से देखा था। क्या था उन नजरों में? किराए में हिस्सेदारी की अपेक्षा तो नहीं ही थी। शायद अपने अपराध की क्षमा याचना हो याकि उसकी मौन स्वीकृति!

...शायद यह उनकी पहली और आखिरी मुलाकातें हैं, नंदिता सोच रही थी कि तभी दीपंकर के प्रश्न पर उसका चौंकना लाजमी था।

"क्या आपका पता और फोन नंबर मुझे मिल सकता है?" पता नहीं दीपंकर ने कब और कैसे कहा।

"क्यूँ...?" एकाएक उसके मुँह से निकला।

वह सकपका गया था। अपने शरीर के बोझ को वह दाएँ और बाएँ पैरों पर बदल रहा था। कभी मुट्ठियाँ बंद होतीं तो कभी दोनों हाथों की उँगलियाँ आपस में गुँथ जातीं। उसकी आँखें झुकी हुई थीं और चेहरे पर बच्चे जैसा भोलापन नजर आ रहा था जो कोई साधारण अपराध कर सामने खड़ा शर्मिन्दगी और माफी का इजहार कर रहा हो, शायद अफसोस भी...।

"आयम सॉरी...।" तेजी से कहकर वह मुड़ गया।

चाहकर भी नंदिता उस 'क्यूँ' की क्षमा नहीं माँग पाई, न ही उस 'क्यूँ' का कोई खुलासा कर सकी। साहस जुटाने में कुछ वक्त लगा उसे।

"सुनिए...।"

पर्स से विजिटिंग कार्ड निकालकर उसने पता और फोन नंबर लिख दिया।

पहली बार बड़ी पहचान भरी आँखों से दीपंकर ने उसे देखा था। उन नजरों में बड़ा अपनत्व व आभार था, अजब-सी कोमलता और मधुरता उसमें छलछला रही थी।

"थैंक्स...।" कहकर वह पीछे मुड़ा और कुछ कदम चलकर फिर लौट आया, नंदिता के काफी करीब...।

"क्या हम दोस्त बन सकते हैं?" उसने ऐसे भीगे स्वर में कहा कि नंदिता के अंदर तक झनझनाहट महसूस हुई। अचकचाकर उसने दीपंकर की ओर देखा। उसकी आँखें झुकी हुई थीं।

काफी देर निःशब्द खड़े रहे वे दोनों...।

कुछ देर बाद ही नंदिता को यह अहसास हुआ कि दीपंकर का हाथ उसकी ओर बढ़ा हुआ है। उसने भी अपना हाथ बढ़ा दिया।

उसके अंदर यह कैसा प्रतिरोध है, किसका प्रतिकार है यह, नंदिता अक्सर सोचती है...।

अपने को संयत करने के साथ वह फोन की प्रतीक्षा करती रही है। अंदर जैसे काँटे चुभ रहे हैं...। अपूर्णता की कसक मन को खरोंच रही है...। शरीर में आए उफान का लावा समुद्र की लहरों की तरह तट से टकराकर लौट रहा है—गहरी कसक लिए, चुभते आर्तनाद के साथ...। बार-बार अंदर लौटना कितना त्रासद है। काश उस वेग को उन्मुक्त प्रवाह मिल जाता...। मन भी कम अतृप्त नहीं है। भावनाएँ जैसे कैक्टस में उलझ गई हैं..., थकी और टूटी हुई...।

अगले कुछ दिनों तक दीपंकर की खामोशी ने उसमें बड़ी बेचैनी पैदा कर दी है। उसके कान फोन पर ही लगे रहते हैं। मन ही मन दीपंकर से माफी और समझौते के अनेक शब्द जुटाती है। उसे भरोसा है कि दीपंकर उसकी मनःस्थिति को बखूबी समझ सकेगा...।

देर तक करवटें बदलने के बाद भी नींद पास नहीं फटकती है...। दीपंकर की बेरुखी उसे बुरी तरह कचोट रही है, गहरी हताशा उसे अंदर ही अंदर जकड़ने लगी है। कशमकश का मकड़जाल जैसे अन्दर बुन गया है।...क्यूँ करती है वह ऐसा...? फोन काट कर किसको सजा देती है...? और फिर उसका इंतजार...,

पूरी बेचैनी और छटपटाहट के साथ!! जाल में फंसे परिंदे की फड़फड़ाहट अपने अंदर महसूसती है वह...।

मजबूर होकर वह दीपंकर को फोन मिलाती है।

''नाराज हो...?'' उधर से हलो सुनने पर उसने कहा है।

कुछ ही लम्हों का सन्नाटा उसे अंदर तक बेधता चला गया है।

''आयम सॉरी, दीपंकर...।''

समर्पण...! बड़ी नफरत है उसे इस शब्द से...। पर आज कितनी सुखदायी है यह अनुभूति...।

दीपंकर ने हमेशा की तरह एक लंबी साँस ली है तो नंदिता ने अपने अंदर ताजगी महसूस की है। ऐसा लगता है कमरे में रखे मुरझाए गमले को धूप और पानी मिल गये हों। उनके बीच जमी चुप्पी एकाएक मुखर हो चली है। कभी यह मौन संवाद उसे बड़ा सुख प्रदान करता है जैसे पक्षी को खुला आकाश मिल गया हो। पंख फैलाए संगीत की धुन के साथ जैसे वह तैर रहा हो–ऊपर जाते, नीचे उतरते, मदमस्त लय के साथ...। आकाश में परिंदों का उड़ना कितना सुखद लगता है नंदिता को।

''कुछ बोलोगे नहीं दीपंकर...?'' उसके स्वर में विश्वास और मान है।

''क्या बोलूँ नंदिता...,'' दीपंकर ने भारी आवाज में कहा है, ''लगता है जैसे चार कदम आगे बढ़ने पर किसी ने छह कदम पीछे धकेल दिया है। एकदम पास आने पर तुम छिटककर अचानक दूर खड़ी हो गई हो। कोमल, धड़कता शरीर जैसे काठ बन गया हो–सेंसलैस, जड़...। दौड़ते-दौड़ते मानो हाथ पकड़कर चलने की नौबत आ गई हो...।''

''सॉरी कहा न दीपंकर...।'' वह पूरी तरह हथियार डाल चुकी है।

''सॉरी...,'' दीपंकर के स्वर से एक विकृत मुस्कान का आभास होता है, ''नंदी, यह बार-बार पीछे लौटना बड़ा तकलीफदेह है, तपती दुपहरी में रेत के ढहे घर को फिर बनाने जैसा...।''

''दीपंकर, अब पीछे लौटने का सवाल ही कहाँ है। तुम नहीं जानते कि मेरी जिंदगी में तुम्हारा आना क्या मायने रखता है। तुमने मेरी जिंदगी को एक नया अर्थ दिया है, उसमें एक नई ताकत भरी है, मुझे नई दिशा दिखलाई है। मेरे बंद जीवन में खुली खिड़की की तरह हो तुम। सालों से मैं कितनी अकेली और अपने में बंद रही हूँ। इस बड़ी दुनिया में कोई भी तो ऐसा नहीं था जो मुझे समझ सकता ...। मैं जानती हूँ कि कोई किसी का दुख-सुख नहीं बाँट सकता। हर आदमी

को अपने दुख-सुख खुद ही भोगने होते हैं पर कोई तो ऐसा हो जो प्यार के दो शब्द बोल कर जीवन में कुछ रस घोल सके, जिसके साथ सपनों की दुनिया सजाई जा सके—चाँदनी रात में नदी के किनारे एक-दूसरे का हाथ थाम कर पैर भिगोने का सुख, अँधेरी रात में हवा को चीरते हुए लंबी ड्राइव पर घूमने की खुशी...। दीपंकर, तुमने मेरे मरे हुए सपनों को जीवित किया है, मेरे बुझे हुए दिल में उमंगें पैदा की हैं। तुम नहीं जानते कि तुम मेरे लिए कितने जरूरी हो...।''

''ऐसा क्यों कहती हो, नंदी...?'' दीपंकर की आवाज में नशा है, उत्तेजना को कसकर दबोचे रहने पर रिसता हुआ स्वर, ''किसी एक की जरूरत कभी मन के रिश्ते नहीं जोड़ती...। तुमने मेरी जिंदगी की एक ऐसी कमी को पूरा किया है जिससे मैं खुद भी अनजान था। अब तुमसे मिलने के बाद वह कमी बड़ी शिद्दत से महसूस होती है। तुम मेरी जिंदगी का हिस्सा हो नंदी...। हर पल तुम्हारा चेहरा मेरी आँखों में घूमता रहता है। तुम्हारी दूरी ने मेरे मन को बुरी तरह छील दिया है। एक गहरी बेचैनी मुझे रात-दिन परेशान किए रहती है। नंदिता, तुम भी मेरे लिए उतनी ही जरूरी हो जितना मैं तुम्हारे लिए...।''

''इसे स्वीकार करती हूँ मैं। तुमने इसका अहसास भी कराया है मुझे पर...।'' कहते-कहते वह शान्त हो गई है।

चुप्पी के भँवर में फँसे वे छटपटा रहे हैं। 'पर' के आगे तो नंदिता भी शून्य है। उसे खुद भी कहाँ पता कि आगे क्या कहना है। अचानक उभरे ऐसे सवाल कभी सभी को उलझन में डाल देते हैं।

किंतु दीपंकर सतर्क हुआ है। आशंका भरे स्वर में कहा है उसने, ''मैं जानता हूँ कि तुम क्या कहना चाहती हो। यही कि मेरी पत्नी है, बच्चे हैं, उनका पूरा हक है मुझ पर...।'''

''दीपंकर प्लीज...'' नंदिता ने बीच में ही टोक दिया है, ''मैं ऐसा कभी नहीं सोचती, न ही मैं अपने अधिकार की बात करती हूँ। पर दीपंकर, मुझे तुम्हारा साथ चाहिए, तुम्हारी सपोर्ट चाहिए, अपना सिर रखने के लिए तुम्हारा कंधा चाहिए...। एक अपना-सा, अपना-सा आदमी चाहिए।''

''नंदिता, तुम मेरी सीमाएँ जानती हो। मैंने तुम्हें कभी अँधेरे में नहीं रखा है। पर नंदी, तमाम प्यार के बावजूद मैं इस रिश्ते को दुनिया के सामने कुबूल नहीं सकता, उसे कोई ऐसा नाम नहीं दे सकता जिससे समाज के सामने तुम मुँह उठाकर मुझे अपना कह सको।''

''मैं जानती हूँ, मैं इस बारे में कभी सोचती भी नहीं हूँ और न ही मेरे मन में ऐसी कोई इच्छा है। लेकिन...?''

"लेकिन क्या...?"

"मतलब उस गहरे प्यार का अहसास तो जरूर ही चाहिए जो मुझे कभी नहीं मिला और जिस भावना को तुमने मुझमें जगाया है... ।" उसने तेजी से कहा है।

"क्या तुम्हें मेरे प्यार में कोई कमी नजर आती है?"

नंदिता खामोश है। वह अपने अंदर ही भटक गई है। क्या कहना चाहती है वह, या कि क्या चाहती है वह दीपंकर से...। वह नहीं जानती कि ये सवाल दीपंकर से हैं या खुद से...।

"क्यूँ नंदी...?"

"क्या जवाब दूँ...। शायद कोई कमी नहीं है। कमी शायद मुझमें ही है और यही मेरी किस्मत भी है..।"

उसका स्वर लरजने लगा है, आँखें डबडबा रही हैं...। अपनी सिसकियों को अंदर भींच लिया है उसने...।

सेमीनार को अभी एक साल भी पूरा नहीं हुआ है। पर कुछेक महीनों की इस जिंदगी ने उसमें न जाने कितने रंग भर दिए हैं।...कभी वे लुभाते हैं तो कभी भीतर तक कँपकँपा जाते हैं। प्यार का अहसास कभी मन को संतृप्त कर देता है तो कभी उसे न पाने की पीड़ा उसके अंतरंग को उद्विग्न बनाए रखती है। कभी अपने प्यार पर नाज होता है तो कभी भीषण द्वंद्व और अंतर्विरोध उसे बुरी तरह झकझोर जाते हैं। कभी अपने सौभाग्य पर मन ही मन प्रसन्न होती है तो कभी जीवन के इस अंधे और अजनबी मोड़ पर गहरी हताशा की गिरफ्त में जकड़ जाती है। कभी वह इसे नियति का विधान मानती है तो कभी अपने भाग्य के साथ एक क्रूर उपहास... ।

...आखिर दीपंकर उसकी जिंदगी में क्यों आया है...? इस उम्र और उम्र से भी ज्यादा इस स्थिति में क्या प्राप्त होगा उसे...? ऐसा रिश्ता जिसे न कभी समाज की स्वीकृति प्राप्त हो, और न ही उसे ढोने की आजादी। चोरी छिपे काम करना उसे हमेशा नापसंद रहा है। नितिन को इसी सीख के साथ पाला-पोसा है उसने। वह तो इसकी कल्पना भी नहीं कर सकता, शायद आँखों देखी पर भी आसानी से यकीन न करे...।

पर आज इस सच को नकार भी तो नहीं सकती नंदिता। उसके अंदर कहीं कुछ ऐसा जरूर घटित हुआ है जिससे पलायन अब मुमकिन ही नहीं है। दीपंकर

उसकी जिंदगी की ऐसी हकीकत बन गया है जिसे ख्वाब में जीवित रखना है। रू-ब-रू होते हुए भी उसका छुपाव करना है...। कुछ काम चोरी छिपे करना कितना जरूरी है शायद।

अपने अंदर आए इस बदलाव पर दंग है नंदिता। शुरुआत में इस रिश्ते को लेकर वह अपने अंदर विद्रोह उभरता महसूस करती थी। किंतु वह विरोध कब और कैसे तिरोहित हो गया, उसे पता ही नहीं चला। कौन-सी कमजोरी है जो उस पर हावी होकर एक नए प्रकार की शक्ति प्रदान करती है, उसे अपनी शर्तों पर जिंदगी जीने की प्रेरणा देती है, सालों से दबी, कुचली उमंगों को खुले आकाश में आवारगी की इजाजत देती है या कि अपने वजूद और जिंदगी की माँगों को खुली अभिव्यक्ति की छूट और ताकत देती है।

जीवन में ऐसे अवसर पहले भी आए थे। यूनीवर्सिटी के कई साथियों ने उसके करीब आने की कोशिश की थी। उसकी जाती जिंदगी की जानकारी भी सभी को थी। पहले वे सहानुभूति दिखलाते और फिर उसके अकेलेपन को बाँटने का प्रस्ताव रखते। पर उसके अंदर तो कड़वाहट ही कड़वाहट भरी थी। अविश्वास, वितृष्णा, संदेह और शायद भय तक उसमें इस हद तक कूट-कूट कर भर गए थे कि उसे हर पुरुष की निगाह में खोट, छल, कमीनगी और टुच्चई झाँकती नजर आती।

न जाँचने-परखने में और न ही विवाह की भव्यता अथवा लेन-देन में पापा ने कोई कमी रखी थी। सुबोध बैंक में अफसर था। उन दिनों बैंक की नौकरी अच्छी मानी जाती थी। एक मित्र के जरिए पापा को सुबोध के बारे में जानकारी हुई थी और उसने ही यह विवाह कराने में अहम भूमिका भी निभाई। शादी के बाद नंदिता को न तो सास की प्रताड़ना झेलनी पड़ी और न ही ननद या भाभियों के शब्दबाण...। सास-ससुर अलग रहते थे और एकलौती बहन अमेरिका में बसी थी।

किंतु पता नहीं क्या, कैसे हुआ कि उनका विवाह एक वर्ष भी नहीं चल पाया। सुबोध स्वभाव से चिड़चिड़ा और गुस्सैल था। चाय की पत्ती कम होने या रूमाल पर इस्त्री ठीक न होने जैसी बातें उसे देर तक उद्वेलित रखतीं और तब आवेश में वह नंदिता और उसके मम्मी-पापा के लिए कैसे-कैसे अपशब्दों का प्रयोग कर जाता, सोच कर आज भी नंदिता अंदर ही अंदर सुलगने लगती है। हर चीज पर शक करना भी उसकी आदत का हिस्सा था और इस संदेह के चलते वह कामकाज के शऊर से लेकर नंदिता के चरित्र तक पर लांछन लगाने से नहीं चूकता। नंदिता

का किसी पार्टी में सजधज कर जाना या किसी आदमी से हँस कर बात कर लेना उसे अंदर तक चुभता रहता और उसे लेकर उसके ताने कई दिनों तक चलते रहते। उसके अंदर कौन-सी हीन भावना थी, नंदिता समझ ही नहीं सकी। घर का माहौल तनावग्रस्त रहने लगा था। एक संवादहीनता भी दोनों के बीच आ गई थी। एक अनजाना भय नंदिता के भीतर पनपने लगा था। उसे लगता कि किसी भी पल सुबोध हिंसा पर उतारू हो सकता था। वह अपने से ज्यादा अपने अंदर पल रहे बच्चे के लिए परेशान रहती और एक दिन जब सुबोध ने उस पर हाथ उठा ही दिया तो धैर्य की सीमा टूटने के साथ उस पर डर और नफरत इस कदर हावी हो गए कि सुबोध को बिना बतलाए वह पापा के पास चली आई।

सुबोध के साथ बिताए कुछ महीनों के कड़वे अनुभव के बावजूद नंदिता को यकीन था कि हर आदमी में क्रोध, हिंसा, आवेश और उत्तेजना, के साथ कहीं क्षमा, क्षोभ और प्रायश्चित्त के भाव भी होते हैं। किंतु सुबोध ने उसकी खैर खबर ही नहीं ली। हफ्ते और फिर महीने बीतने लगे। इधर नंदिता के खराब स्वास्थ्य के कारण उसे सफर की मनाही थी। शायद एक जिद भी उसके अंदर पैदा हो गई थी। दोनों तरफ ही अहं चट्टान की तरह बीच में खड़ा हो गया था और मेल-मिलाप के सभी रास्ते बंद हो गए। खबर के बावजूद नितिन के जन्म पर सुबोध का न आना उनके बीच बनी दीवार को एक अलंघ्य खाई में तब्दील कर गया।

अलगाव के अलावा और कोई रास्ता ही नहीं था।

अपने छोटे से दांपत्य जीवन का एक भी सुखद क्षण उसकी स्मृति में सुरक्षित नहीं था। जिंदगी का वह भाग एकदम सपाट, निस्पंद और जड़ प्रतीत होता था—जीवन की एक अघटना की मानिंद...।

शुरुआत में बेटे को लेकर भी वह कम संत्रस्त नहीं थी क्योंकि ऐसी संतान जिसमें सुख का आभास तक न हुआ हो, दर्द और क्षोभ का कारण बनना लाजमी था। किंतु उसी नितिन ने उसकी जिंदगी को नई राह दिखलाई, जीने का एक मकसद दिया। उसी के इर्दगिर्द उसकी जिंदगी सिमट गई। जाती जिंदगी का उजाड़ जैसे पार्श्व में गुम हो गया था।

"गुड मॉर्निंग नंदी..।" दीपंकर के फोन से उसकी नींद टूटी है।

"अरे तुम...?" उसने घड़ी पर नजर डाली। आठ बजने को हैं। वह उठ कर बैठ गई।

"हाँ, यह जुर्रत मैंने ही की है।"

वह धीरे से हँस दी है। दूसरे हाथ से उसने अपने छितराए बालों को सहेजा है। सिर में एक भारीपन है। लगता ही नहीं कि छह घंटों की नींद के बाद बदन में कोई ताजगी आई है। इसीलिए अब वह कभी नींद की गोली खाने का भी सोचती है। हालाँकि इस थकान की वजह बखूबी जानती है वह। रात में जब कभी दीपंकर से बात उत्तेजना के चरम पर पहुँचकर उसे एक अजीब कमजोरी की गिरफ्त में जकड़ लेती है तो अंदर कहीं कुछ सुइयों की तरह चुभने लगता है। बिना पतवार के डगमगाती नाव की तरह वह बड़ा असहाय और लाचार महसूस करती है। हर तरफ अँधेरा नजर आता है, कानों में साँय-साँय की आवाजें गूँजती हैं और देह गहरी बेचैनी और छटपटाहट में जकड़ी रहती है।

"इस वक्त कैसे....?" मन में उभरे हल्के से शक को दबाते हुए उसने खुशी का इजहार किया।

"गैस...?" दूसरी ओर भी आवाज में चहक थी।

"मैं समझी नहीं...।"

"मैं तुमसे मिलने आ रहा हूँ। रास्ते में हूँ...।"

"क्या...?" वह उछल पड़ी "आर यू मैड...?"

"अफ्कोर्स मैम...।"

"पर अचानक...! कल रात क्यूँ नहीं बतलाया...?"

दीपंकर ने तुरंत कोई उत्तर नहीं दिया। उसकी खामोशी एक रहस्य की तरह नंदिता के चारों तरफ मँडराने लगी है। इस खामोशी ने एक उत्सुकता भरी चहक को भी पैदा किया है जिसमें कहीं अपने वजूद का मूल्यांकन भी शामिल है।

"दीपंकर...।" उसके मुख से अस्फुट-सा स्वर निकला है।

"हाँ नंदी..." एक उसांस भरी है दीपंकर ने, "रात में मुझसे बात करते-करते तुम्हारा सुबकना मुझे बिलकुल अच्छा नहीं लगता। मुझे लगता है कि मैं ही इन आँसुओं के लिए जिम्मेवार हूँ। मैंने ही तुम्हारी छोटी-सी सुख-चैन भरी जिंदगी में बेवजह खलल पैदा किया है। जब हम सेमीनार में मिले थे तो तुम कितनी कम्पोज्ड, कांफीडेंट और कन्टेन्डेड दिखती थीं। तुम्हारे प्रति आकर्षण की सबसे बड़ी वजह यही थी। लगा जैसे तुम मेरी जिंदगी की प्रेरणा बनोगी। अपनी दोस्ती और प्यार से मुझमें एक नया विश्वास पैदा करोगी। पर...।" कुछ पलों की चुप्पी के बाद उसने कहा, "अब लगता है कि मैंने सिर्फ अपने बारे में सोचा। तुम्हारे साथ बड़ी

नाइंसाफी की है मैंने। बेवजह तुम्हें डिस्टर्ब किया है। तुम्हारे दबे हुए जख्मों को उघाड़ा है, खुशी देने के बजाय तुम्हें दर्द और आँसू दिए हैं। आई फील सो गिल्टी...।''

''नहीं दीपंकर, ऐसा नहीं है।'' उसने धीमे स्वर में कहा।

''नहीं नंदी, अगर मैं तुम्हें कोई खुशी नहीं दे सकता तो इस रिश्ते का कोई मतलब नहीं है। ऐसा प्यार जो दर्द और तकलीफ की वजह हो, गैरवाजिब है, तुम्हारे साथ नाइंसाफी है। नंदी, आई वांट टू सी यू हैप्पी। आई लव यू सो मच...।'' पहली बार उसका स्वर टूट गया और उसने फोन काट दिया है।

नंदिता के पूरे बदन में एक झुरझुरी-सी हुई है। दिल की धड़कनें तेज हो गई हैं। अपने हाथों को उलझाकर वह बहुत देर किसी अनजाने लक्ष्य की ओर देर तक ताकती रही है। छत के कोने पर मकड़ी का छोटा-सा जाला उसे बेवजह आकर्षक लग रहा है—एक खूबसूरत पेंटिंग की तरह...।

आज पहली बार दीपंकर ने फोन काटा था। उसकी आवाज में अजब-सी छुअन थी, प्यार की गहराई थी, जजबातों का ज्वार था। सचमुच दीपंकर ने उसे अंदर तक छू लिया था। उसका मन हुआ कि वह कमरे से बाहर आकर पूरी ताकत से दीपंकर को पुकारे और चीख कर कहे 'आई लव यू दीपंकर'।

पहली बार अपने प्यार पर बड़ा नाज हुआ नंदिता को। पूरे शरीर में खुशी के बुलबुले उठ रहे हैं मानो बाल्टी में घुले डिटर्जेंट को किसी ने बुरी तरह मथ दिया हो—झाग से लबालब...। उसमें हाथ छपकने में कितना रोमांच होता है...।

सेमीनार से लौटे चार महीने से भी ज्यादा बीत चुके थे। दोस्ती का अहसास दिल पर दस्तक दे रहा था। धीरे-धीरे यह रिश्ता एक गहरे लगाव में तरमीम हो रहा था। फोन पर बातचीत का क्रम सप्ताह में एक बार से लगभग रोजाना हो गया था। वह जानती थी कि दीपंकर उसके हृदय में अपनी स्पेस बना रहा था, एक ऐसा स्थान जहाँ सालों से वीरानी थी। वह हैरान थी कि अब तक वह इस अभाव के दंश से क्यूँ और कैसे बच सकी। वंचित की अनूभूति से दूर रहना सुखी और संतृप्त जीवन के लिए कितना अहम है। तभी न फटेहाल गरीब भी अपनी जिंदगी में खुशियाँ भर पाता है।

एक रंगीन, खूबसूरत दुनिया उसके अंदर झिलमिलाने लगी थी। प्यार का मीठा और कोमल अहसास उसमें समा रहा था। एकाएक उसके जीवन में एक नए क्षितिज का उदय हुआ था जो उगते सूरज के सुनहरे रंगों की तरह उसमें

नए-नए रंग उकेर रहा था। जीवन में एक प्रेमी की मौजूदगी ने उसे बड़ी सुखद प्रतीति दी थी। ऐसा लगता था मानो रेगिस्तान में पानी का सोता फूट पड़ा हो याकि सालों से दबा कोई आवेग सजीव होकर अंदर हाहाकर कर रहा हो।

एक अधूरेपन का अहसास अब उसे सालने लगा था। दीपंकर के लिए अजब-सी तड़प महसूस करती थी वह। हर पल उसका चेहरा आँखों के सामने घूमता था। मन में अजीब-सी आतुरता थी और देह में खासी बेचैनी...। कभी लगता कि वर्षों से सहेजा अपना वजूद एकाएक हाथों से फिसल रहा है। वह खासी सचेत हो जाती और मन अविश्वास और संशय के भँवर में उलझ जाता।

दीपंकर के मुलाकात के आग्रह को वह कई बार टाल चुकी थी—क्यों वह खुद नहीं जानती थी। दीपंकर की झुँझलाहट वाजिब थी।

"अगर इस दूरी को बनाकर ही हमें रहना है तो भी मुझे कोई एतराज नहीं है पर चीजें साफ होनी चाहिए।" एक दिन बड़े उदास स्वर में कहा उसने।

"नहीं दीपंकर, दूरी रखने का सवाल ही नहीं है। तुमने मेरी जिंदगी में नई रोशनी भरी है, उसे नया रास्ता दिखलाया है। तुमसे मिलने के बाद मेरे जीवन में खूबसूरत बदलाव आया है, जिंदगी हसीन लगने लगी है।"

"इसके बावजूद हम एक बार भी नहीं मिले हैं।"

"शायद इसलिए कि मैं सिर्फ एक बार नहीं मिलना चाहती। दीपंकर, मैं तुम्हारे स्पर्श और अनुभूति के साथ जीना चाहती हूँ। तुम नहीं जानते दीपंकर, इस लंबी जिंदगी का अकेलापन जैसे बदला लेने के लिए छटपटा रहा है। मैं तुम्हारे करीब और बहुत करीब आना चाहती हूँ, तुम्हारी बाँहों में बाँहें डाल कर देर तक घूमना चाहती हूँ, तारों भरे आसमान के नीचे तुम्हारे कंधे पर सर रख कर अंदर तक उस ठंडक का अहसास करना चाहती हूँ जिसमें जिंदगी की धड़कनों की गर्माहट महसूस हो।"

अब नंदिता शांत थी। दूसरी ओर भी मौन पसरा था। इस खामोशी में एक अजीब तरह की रहस्यमयता थी जो उसे कभी उलझाती थी, तो कभी भाती...।

"दीपंकर", उस पथरीली चुप्पी को उसने अपनी कोमल फुसफुसाहट से तोड़ा, "शायद मैं कुछ ज्यादा...।"

"प्लीज नंदी...," दीपंकर ने आवेश भरे स्वर में कहा, "डोंट से एनीथिंग...।" पर मुझे गलत मत समझो। एक बार मिलने का मतलब सिर्फ एक बार नहीं है।"

"मैं जानती हूँ...। तुम्हें गलत भी नहीं समझती। पर...।"

"पर क्या...?"

"मेरे मन में ऐसा कुछ जरूर है जो मुझे कशमकश में उलझाए रखता है। शायद मेरे अंदर ही कांफीडेंस की कमी है।"

"बट व्हाई...?"

नंदिता के पास कोई उत्तर नहीं था। न ही वह इसके लिए तैयार थी। वैसे भी कुछ प्रश्नों के उत्तर कहाँ होते हैं—भले ही कुछ शब्दों से हम उन्हें स्पष्ट करना चाहें और जो बात नंदिता के दिमाग में कौंध रही थी, उन्हें कहने का साहस भी उसमें नहीं था

"नंदी, चुप क्यूँ हो?"

"दीपंकर, प्लीज मेरी बात का बुरा मत मानना। पर मैं अपनी भावनाओं को समय और सीमा की तारजू में परखना चाहती हूँ। मैं तुम्हें देह से भी ज्यादा मन से प्यार करना चाहती हूँ। मैं जानती हूँ कि शरीर की प्यास बुझने में कुछ मिनट लगते हैं लेकिन मन की प्यास न भरे तो बड़ी ग्लानि और क्लेश होता है। मन के भटकाव को विश्राम नहीं मिलता और तब एक अंतहीन कुचक्र उसकी नियति बन जाता है।"

दूसरी ओर एक सन्नाटा खिंच गया था। नंदिता जानती थी कि दीपंकर को इस आघात से उबरने में कुछ समय लगेगा हालाँकि नंदिता बहुत हल्का महसूस कर रही थी।

"दीपंकर...।" वह बुदबुदाई।

"हाँ नंदी," दीपंकर का स्वर बुझा हुआ था, "हमारा मिलना बहुत जरूरी है, बहुत जल्दी...।"

वह रविवार का दिन था।

उस मुलाकात को लेकर नंदिता में जबरदस्त उत्साह था। एक नए तरह की उत्तेजना का अहसास उसे अंग-अंग में महसूस हो रहा था। उनमें थिरकन थी, आह्लाद था और थी उपलब्धि की सुखानुभूति...। सुबोध के साथ बिताए वक्त की कोई भी मीठी याद उसके अंदर शेष नहीं थी। इसलिए दीपंकर से पहली मुलाकात के ख्याल से वह सचमुच रोमांचित थी—एक ऐसा पुरुष जो उसके प्यार में पूरी तरह डूबा था, जिसने उसे प्यार के मायने से रू-ब-रू कराया था, उसके जीवन को एक नया आयाम दिया था, उसकी जिंदगी के सीधे सपाट रास्ते को एक ऐसे मोड़ पर लाकर खड़ा किया था जहाँ छलछलाते जीवन का रस दिखलाई देता था...।

नंदिता उस अहसास की गहराइयों में डूब जाना चाहती थी। अपनी जिंदगी के सूखे को तरल होता महसूसना चाहती थी।...तमाम कल्पनाएँ जिनमें भागीदारी का भाव था, अनगिनत ख्वाब जो एक नए तरह की ऊर्जा के स्रोत थे और एक ऐसा सुख जिसमें उत्तेजना देह से परे कहीं अंतर्मन की गहराइयों में पैठ जाती है...।

फैशियल, मैसाज, हेयर ट्रिमिंग, आई ब्रोज, मिनी व पैडी क्योर और वेक्सिंग...। नई साड़ी, महँगा पर्फ्यूम और ग्लौसी लिपिस्टिक...।

लाज से उसकी आँखें झुकी जा रही थीं।

होटल की लॉबी से गुजरते हुए कई नजरें उस पर उठी थीं। अजनबी होते हुए भी वे बड़ी परिचित दिखती थीं। नंदिता अपने साहस पर दंग थी। सचमुच कोई अनूठी ऊर्जा उसे संचालित कर रही थी। पता नहीं वह आंतरिक विश्वास था अथवा उसका कवच मात्र...! प्रेम की शक्ति या उसका भ्रम...! कमरे के दरवाजे पर धीमी थाप देने पर उसके कदम काँपे जरूर थे। दरवाजा खुलने में देर नहीं लगी। नीली जींस और मैरून टीशर्ट में दीपंकर सचमुच आकर्षक लग रहा था।

दीपंकर ने हाथ थाम कर उसका स्वागत किया और कुछ पल वे अपलक एक-दूसरे को देखते रहे। उसकी नजरों में एक सुरूर-सा था, अजब-सी गहराई थी। भीनी-सी खुशबू वहाँ फैली हुई थी। दीपंकर ने उसे अपनी बाँहों में खींच लिया और देर तक वे यूँ ही गुँथे खड़े रहे थे। एकाएक अपनी शिथिल बाहें कसती महसूस हुईं उसे और तब चुंबनों की बुहार...। आँखें, कान, गरदन और फिर होठों पर उसके होठों का जुड़ाव...। उनसे जीवन का रस छलछला पड़ा था—प्यास पूरी शिद्दत के साथ उमड़ पड़ी थी...। उसके पैरों की कँपकँपाहट उसे बड़ा कमजोर बना रही थी। लगा पूरे देह से सोते फूट पड़े हैं...। कब वे पलंग पर थे, उसे पता ही नहीं चला। अनछुए के अहसास से ग्रस्त नंदिता को दीपंकर का स्पर्श मदहोश कर रहा था। वर्जनाएँ छटपटाकर टूटने लगीं। जब दीपंकर के होठों का दबाव उसने अपने वक्ष पर महसूस किया तो कुछ पलों के लिए सुधबुध खो बैठी वह।

"नंदी, मुझे प्यार करो...।" दीपंकर कान में फुसफुसाया तो उसके अंग-अंग में छटपटाहट होने लगी, सालों की दबी प्यास उनमें जीवित हो गई।

किंतु एकाएक अंदर कुछ अप्रत्याशित घटित हो गया, जैसे कुछ चटक रहा था...। "दीपंकर, प्लीज...।" वह अपने को मुक्त करने के लिए छटपटाने लगी।

दीपंकर चकित होकर एक ओर छिटक गया। शायद वह इसके लिए कतई

तैयार नहीं था। कुछ पल उसे घूरता रहा और फिर उसके बालों पर हाथ फेरते हुए बोला, "एज यू विश...।"

एकदम अजनबी की तरह बिना एक-दूसरे की ओर देखे हुए वे बिस्तर से उठे। नंदिता सीधे बाथरूम में जाकर अपने कपड़ों को ठीक करने लगी और फिर कुर्सी पर आकर बैठ गई जैसे कुछ हुआ ही नहीं हो। दीपंकर सामने की कुर्सी पर बैठा था। दोनों खामोश, सर झुकाए...।

"चाय...?"

"हूँ...।"

एकबारगी हाँ कहने पर उसे उलझन-सी हुई।...इंतजार...! चाय के जल्दी आने से उसे बड़ी राहत महसूस हुई।

चाय की चुस्कियाँ लेते हुए वे मौन की गिरफ्त में जकड़े रहे। संवाद के सूत्र जैसे लुप्त हो गए थे। नंदिता समझ ही नहीं सकी कि सामने बैठे आदमी से वह क्या बात करे, किस विषय पर बात करे, उनके बीच ऐसा क्या कॉमन था जिसमें दोनों की हिस्सेदारी हो सके।

एकाएक सामने बैठा दीपंकर पूरी तरह अजनबी बन गया था। समय जैसे थम गया था, एक जड़ता चारों ओर फैली नजर आ रही थी। एक-एक लम्हा तकलीफदेह साबित हो रहा था।

जब वह चलने लगी तो दीपंकर ने महज इतना पूछा था, "फिर कब मिलेंगे...?"

...कब और क्यूँ...

उसके अंदर जैसे एक विस्फोट हुआ था। अजब-सी बेगानी नजरों से देखा था उसने दीपंकर को...।

उत्तर देना जरूरी नहीं लगा उसे।

अगले कुछ दिन बड़ी बेचैनी में बीते थे जिसमें कसक भी थी और क्षोभ भी। कहीं एक तुच्छता का अहसास भी उसे बुरी तरह चुभ रहा था और इस सब पर हावी था एक व्यर्थता बोध...। कमरे में लगा मकड़ी का जाला बड़ा सघन लगने लगा था। वही जाल उसे अपने दिलो दिमाग पर तना महसूस होता था। रात-दिन फड़फड़ाहट की चीख उसके कानों में गूँजती थी। ऐसा लगता था मानो लहरों की वापसी पर मछलियां रेत पर छटपटा रही हैं, नीचे तपती रेत और ऊपर सुलगता सूरज...। तड़प से उछलकर वे फिर जलती रेत पर गिर पड़ती हैं।

दीपंकर से मुलाकात एक गहरा आघात साबित हुई थी..., सारी आकांक्षाओं और स्वप्नों के चकनाचूर होने का अहसास...। प्यार का जो सुखद अहसास उसके अंदर रचा-बसा था, उस छोटी-सी मुलाकात में तहस-नहस हो गया था...। वह लंबा इंतजार, तमाम तैयारियाँ और नतीजा...। जैसे महीनों से सँवारी किसी पेंटिंग पर किसी ने काली कूची चला दी हो...।

किसे दोष दे वह—खुद को या दीपंकर को...। देह के प्रति दीपंकर के आकर्षण को वह समझ सकती थी पर उन्माद उस पर भी कम हावी नहीं था। उसमें भी तो एक अनजानी ऊष्मा बह चली थी। किसी प्रकार का प्रतिरोध कहाँ था उसमें और जब प्रतिरोध का साहस जुटाया तो दीपंकर एक पल भी आगे नहीं बढ़ा। न कोई तर्क दिया, न कोई निवेदन और न ही उसके प्रतिरोध के प्रभाव को कम करने के लिए कोई कोशिश ही...।

सबसे ज्यादा तकलीफ उसे उनके बीच आई संवादहीनता को लेकर थी। यह सचमुच अविश्वसनीय था—आघात की सीमा तक। उत्तेजना का उबाल शांत होने और चाय ठंडी होने के बीच का फासला कितना लंबा और तकलीफदेह साबित हुआ था। दीपंकर को समझने के लिए उसे न जाने कितनी बातें करनी थीं, उसके साथ का अहसास करना था और जिस आदमी के ख्यालों में वह अरसे से सुधबुध खो बैठी थी, उसकी नजदीकी को अपने अंदर महसूस करना था। पता नहीं वे सारे एहसास कहाँ खो गए थे जो पिछले कई महीनों से उसे रात-दिन जिंदा रखे हुए थे...।

अगले कई दिन घोर अवसाद भरे थे। जिस मनःस्थिति से उबरने में उसे बरसों लगे थे, एक बार फिर उस पर हावी हो गई। शाम और रात की काली मनहूसियत उसे बड़ा उद्विग्न बना देती। दीपंकर का फोन आता तो वह काट देती और फिर बिस्तर पर छटपटाती रहती। धीरे-धीरे यह असहनीय हो चला। उस घुप्प अँधेरे में दीपंकर ही एकमात्र प्रकाश पुंज बन कर दिखलाई दिया। बातचीत का सिलसिला फिर शुरू हो गया। दीपंकर ने अपने आचरण पर क्षमा माँगी, शर्मिंदगी का इजहार किया। चाहकर भी वह उसे इससे रोक नहीं पाई।

दीपंकर के प्यार की ऊष्मा उसे फिर दस्तक देने लगी। अंदर जमी क्षोभ की बर्फ अब पिघल रही थी। संदेह और संत्रास के बादल छँटने लगे थे। खिली धूप की नई रोशनी में उसने चीजों को समझने की कोशिश की।...उस मुलाकात में चरमराई वर्जनाओं ने शायद संवादहीनता को जन्म दिया हो...! अंदर गड़े संस्कारों के प्रतिरोध का परिणाम हो यह...!

उसे लगा कि वह दीपंकर को ज्यादा चाहने लगी है। उससे मिलने के लिए उसका मन उतावला रहता। वह जानती थी कि दीपंकर ऐसे किसी प्रस्ताव का साहस नहीं करेगा और अपनी ओर से पहल करने में नंदिता संकोच और झिझक से मुक्त नहीं हो पाती। किंतु एक अप्रत्यक्ष और प्रच्छन्न तैयारी अवश्य जारी रही। उसने अपने बाल डाई करा लिए थे, कुछ डिजायनर साड़ियां खरीदी थीं और फैशनेबुल और लोकट ब्लाउज भी सिलवाए थे। उसमें आए बदलाव को सहकर्मियों और नितिन तक ने नोटिस किया था।

लगभग तीन महीने बाद जब कालिज के किसी काम से उसे इलाहाबाद जाने का अवसर मिला तो उसका दिल उछल पड़ा। मन खुले आकाश की तरह साफ था। ऐसा लगता कि घुप्प, सँकरी सुरंग से निकलकर वह खुले आसमान में साँस ले रही है जहाँ न उमस है और न ही कुहासा...।

दिन भर की बेताबी भरी प्रतीक्षा के बाद जब दरवाजे पर दस्तक हुई तो वह जानती थी कि वह दीपंकर ही है। झटके से उसने दरवाजा खोल दिया।

''पूछा भी नहीं कि कौन है?''

''तुम्हारे अलावा और कौन हो सकता था। पूरा दिन निकाल दिया इंतजार में। आँखें पत्थर बन गईं और प्रोफेसर साब को अब फुर्सत मिली है।''

''मैंने कहा था न कि अपने शहर में बड़ा कॉशस रहना पड़ता है। डायरेक्टरेट में पचास जानने वाले हैं।''

वह नंदिता के पास आकर खड़ा हो गया। उनकी नजरें एक-दूसरे पर टिकी थीं। नंदिता को लगा जैसे पूरी सृष्टि उन आँखों में समा गई है। उसका अपना वजूद उसमें घुलमिल रहा है। वह अपने को रोक न सकी और दीपंकर के सीने से लिपट गई। दीपंकर की बाँहें उसे जकड़ने लगीं। नंदिता का चेहरा उठाकर उसके होठों पर उसने अपने होंठ जड़ दिए। एक गहरे आलिंगन ने नंदिता के पूरे बदन की शक्ति निचोड़ ली। बाँहों में जकड़े वे बिस्तर पर लुढ़क गए।

दीपंकर का स्वतंत्र स्पर्श नंदिता को मदहोश कर रहा था। शरीर के पोर-पोर से उत्तेजना बह रही थी। उसका मन चाहा कि बाँध के उद्दाम वेग को वह मुक्त कर दे किंतु अंदर एक अदृश्य अवरोध एकाएक प्रकट हो गया।

''दीपंकर, प्लीज अब और नहीं...।''

''पर क्यूँ, नंदी...?'' उलझन और झुँझलाहट भरे स्वर में दीपंकर ने कहा।

''बस मुझे थोड़ा वक्त और दो...।''

''मैं समझा नहीं..।'' दीपंकर निराश होकर पलंग के सिरहाने बैठ गया था।

"दीपंकर," उत्तेजना के उबाल पर जैसे पानी की छींटे पड़ गए हों। उसने अपने अस्त-व्यस्त कपड़े ठीक किए, "मुझे तुम्हारा साथ चाहिए, तुम्हारी सपोर्ट चाहिए सिर्फ फिजिकल ही नहीं, इमोशनल भी। जितनी प्यास मेरी देह में है उससे कहीं ज्यादा मेरे मन में है। पर देह की प्यास इतनी हावी हो जाती है कि अंदर सब खाली लगने लगता है। दीपंकर, मैं अंदर के खालीपन को पहले भरना चाहती हूँ।"

"जरूर, भरना भी चाहिए। शायद मेरे प्यार में कोई कमी है जिससे तुम इस अहसास से महरूम हो...।"

"नहीं, ऐसा मत कहो...। कमी मेरी भी हो सकती है या शायद दोनों की हो। इसी को समझने के लिए मैं वक्त माँग रही हूँ।"

"क्या तुम्हें लगता है कि वक्त इस अहसास को पूरा कर सकेगा...।"

"शायद हाँ, और नहीं तो कम से कम मुझे इस छद्म से मुक्त जरूर करेगा...।"

"छद्म...!" दीपंकर चौंक गया, "तुम्हें यह प्यार धोखा लगता है...?"

"नहीं, ऐसा कतई नहीं...। शायद मैंने सही शब्द का प्रयोग नहीं किया। पर दीपंकर, मैं अपनी जरूरतों को तो जानती ही हूँ न। बरसों के अकेलेपन ने अगर मुझे कहीं कमजोर बनाया है, तो कहीं मजबूत भी। अपने वजूद, अपने मन और शरीर को तो आदमी को जानना ही चाहिए। मुझे भी लगता है कि मैं भी जानती हूँ पर...।"

"पर क्या, पूरी बात कहो...?"

नंदिता ने एक लंबी साँस ली। कुछ देर तक वह शब्दों के लिए भटकती रही और फिर कहा, "पर जानते हुए भी कहीं पस्त और पराजित-सा अनुभव करती हूँ। तब मन पर क्लेश की पर्त-सी चढ़ जाती है। अजीब-सा पश्चात्ताप, क्षोभ और पतन का अहसास अंदर-ही-अंदर मन को कचोटता रहता है। अंदर जैसे कोई चीज झकझोरती रहती है, मन को धिक्कारने लगती है। इसी से बचाव के लिए मैं अपने अंदर प्रतिरोध की पुख्ता जमीन तैयार करना चाहती हूँ...।"

उसकी साँसें तेजी से चल रही थीं। विस्फारित नेत्रों से दीपंकर उसे देख रहा था। उसे यकीन ही नहीं हुआ कि जो औरत इतनी मधुर समर्पित प्रतीत होती है, उसके अंदर कितनी निजता है। वह इस स्व का सम्मान करना चाहता था।

उसकी उँगलियाँ नंदिता के बालों में चलने लगीं। नंदिता का सर उसके कंधे पर झुक गया।

"नंदी, मैं तुम्हें बहुत प्यार करता हूँ। अगर मेरे साथ से तुम्हें कोई सुख

नहीं मिलता तो यह रिश्ता बेमानी है। मैं कभी भी खुद को तुम पर लादना नहीं चाहूँगा। वैसे भी मैं रिश्ते ढोने में यकीन नहीं करता। पर मैं यह जरूर चाहता हूँ कि जिंदगी में जिस अहसास से तुम महरूम रही हो, उसकी भरपाई मैं कर सकूँ–किसी दया या सिम्पैथी की वजह से नहीं बल्कि अपने स्वार्थ के कारण...। मैं तुम्हारे अंदर जमा उस अनछुए और समूचे प्यार पर कब्जा करना चाहता हूँ। जीवन में ऐसी ख़ुशनसीबी हर किसी को नहीं मिलती...। यह एकाधिकार नहीं है पर उसके अहसास का सुख जरूर है। इसलिए अपने को सम्हालो नंदी...। तुम्हें जैसा अच्छा लगेगा, वही होगा...।''

उसने घड़ी पर नजर डाली। दस बजने को आए हैं। किसी भी पल दीपंकर यहाँ पहुँच सकता है। वह तेजी से उठी और तैयार होने लगी है। नई साड़ी, शैनल का पर्फ्यूम, गहरी लिपिस्टिक, आँखों में आई लाइनर, छोटी-बड़ी दो बिंदियाँ और तराशे हुए नाखूनों पर नेल पॉलिश...। उल्लास और उत्साह से उसका मन भरा-भरा है। एक नए तरह की अनुभूति उसके अंतर्मन में प्रवाहित हो रही है।

ड्रेसिंग टेबल के सामने खड़ी होकर वह देर तक अपने को निहारती रही है। एकाएक अपने पीछे उसे दीपंकर की नजरें दिखलाई दी हैं। शर्म से उसने अपनी निगाह झुका ली है।

''लक्ष्मी...,'' उसने अपनी मेड सर्वेंट को आवाज दी, ''अभी जाना नहीं। कोई आ रहा है...।''

वह जानती है कि लक्ष्मी को रोकने की कोई जरूरत नहीं है। पर पता नहीं क्यूँ, उसे बतलाकर वह बड़ी प्रसन्न है, उसका मन बहुत हल्का व उन्मुक्त है...।

''क्या सोचेगी लक्ष्मी...?'' एक पल के लिए उसके मन में कौंधा।

लापरवाह अंदाज में उसने सर झटक दिया है।

''और दीपंकर...।''

वह मन-ही-मन मुस्करा दी है।

□□□